世界の半分を怒らせる

押井 守

世界の半分を怒らせる

目次 contents

はじめに

この本は、現在も継続中の僕のメルマガ『世界の半分を怒らせる』の連載コラムを二年間分（2012年9月〜2014年9月）まとめたものです。

その時々の時事問題について僕が好き放題に語るコラムなので『時事砲弾』というタイトルをつけたのですが、今回の書籍化にあたっては、メルマガ全体のタイトルである『世界の半分を怒らせる』を使用することにしました。メルマガを始めた経緯と『世界の半分を怒らせる』というタイトルの意味については以下の創刊あいさつに全て書いてあります。

ども、押井です。

ツイッターとか、フェイスブックとか、ブログすらやったこともない人間ですが、この度はニコ動さんでメルマガをやらせて貰うことになりました。

なにしろインターネットで、映画関連のサイトに行ったこともありません。どうせ悪口がたんと書かれているに違いないからです（知人の話によれば、その通りだと）。「つぶやけばつぶやくほど、人はバカになる。」というキャッチのついた新書を、つい最近出版したばかりでもあります。そんな人間がなぜ、メルマガなんかやることになったのか。開始にあたって、そのことを明らかにするのがスジというものでしょう。

世間でどう思われているか知りませんが、映画監督なるものに人格者はいません。その理由はいろいろあるのでしょうが、それはまたメルマガでおいおい書くとして、とにかく経験則として映画監督に人格者なるものは存在しません。

知り合いのカントクたちを見ても、たとえば日本人ならその顔と名前は誰でも知っているアニメの巨匠監督とか、人生相談を始めた巨大ロボット監督とか、パチンコで大儲《おおもう》けして会社まで作った猫背ロボット監督とか、全員が人格破綻者です。

まあ人格破綻者といっても犯罪者ではないし、悪党というわけでもなく、それぞれに愛らしいところもあってキライではないのですが、たとえば自分の娘やマゴを、たとえ1時間でも預ける気にはなれないという意味において、セイフティな人間ではないのです。

アニメの監督だけではありません。

そもそも邦画の世界には未《いま》だに「武闘派」と呼ばれる方々もいたりします。

某有名劇画をミュージカルにしちゃった監督さんは、腰は低いし口調も丁寧で、個人的には大好きな方ですが、暗い道で会ったら回れ右したい容貌ですし、なにより目がコワい。

海外に目を転じても、あちこちで知り合った監督たちのほぼ全員が「重オタク」だったり「アル中」だったり「繰り返しバツ男」だったり、本当にイっちゃってる人だったりしました。憧れの監督たちも「会ってみればただのオヤジ」なのです。

そういうお前はどうなんだ、と言われれば、もちろん僕が人格者なんぞであるわけがありません。同業者の悪口は大好きだし、興味のないことには極端に冷淡だし、そもそも人間がキライです。まあ女性と動物には、ごく優しい男なのですが。

そういう勝手な人間でなければ、映画は（面白い映画は）作れないのです。映画監督ですから、雑誌や新聞の取材も受けるし、たまにはテレビに顔を出したり、ラジオに出演したりする機会もありますが、では何故、紙面を汚したり番組がメチャメチャにならないのかといえば、そこに様々な「フィルター」がかかっているからなのです。

それは単純に「放送コード」だったり「政治的配慮」だったり、あるいは「営業上の理由」だったりするのですが、なんであれ「配慮」などというものが介在する以上、その「発言」なるものが真っ当な「発言」なんぞであるわけがありません。確かにその

「発言」が誰かを怒らせたり、不愉快にしたりすることはあるでしょう。不特定多数の誰かに迷惑をかけることも、あるかもしれません。それでも言いたいことを言い、やりたいことをやってしまうのが、映画監督と呼ばれる人間たちなのです。

繰り返しますが、そういう勝手な人間でなければ、映画は(優れた映画は)作れないのです。彼らが何を言いたいのかといえば、それは「怒り」だったり「正義」だったり、もっと単純に「欲望」だったりするのですが(経験に則して言うなら「愛」というのは滅多にありません)、それがただの「放言」や「罵詈雑言」かといえば(ほとんどはその通りなのですが)、実はその中に「真実らしきもの」があったりするのです。

真実(らしきもの)というのは、そういうふうにしか口にできないものなんです。だからこそ、彼らは「映画監督」なのであり、人々に感銘を与える映画を作ったとしても「人格者」たり得ない理由がそこにあるのです。「真実」と、それを口にする者の「人格」とはカンケイありませんから。

ただし、いかに「真実らしきもの」が含まれているにせよ、放言や悪口がパブリックな媒体には相応《ふさわ》しくないことも確かです。そこにオタカラがあるかも、という理由だけで他人の家のゴミ箱を覗《のぞ》きたくはありませんから。

そういうわけで、メルマガという形式で言いたいことを言い、書きたいことを書いてみようと考えたのです。読みたい人だけが読むのですから、文句を言われるスジ合いはありません。何を隠そう、「世界の半分を怒らせる（かも）」というタイトルは、そういう意味でつけたのです。怒っても不愉快になっても、とりあえず読んでみたい、という酔狂な読者限定です。お判りいただけたでしょうか。

ちなみに有料メルマガです。「月二回で540円は高ぇじゃねえか」という声が早くも上がっているようですが世の中にタダというものはありません。タダに見えても、実は思わぬところで代価を払わされているのがネットであり、今の世の中なのです。

自分は巧妙に「タダ」の部分だけを享受しちゃうのダ、と思ってる人もいるかもしれませんが、「オカネ」は払わずとも、それより貴重な「時間」や「情報」をしっかりと支払わされていることに気づくべきでしょう。

メルマガといえども、配信に至るには数人の人間の労力が費やされているのですから。喫煙者ならタバコ一箱、一回につき250円では立喰《たちぐ》いでカケも食べられません。真っ当な価格であると信じます。

もうひとつ。

たとえバカ話や冗談だったとしても、他人の知的生産物には敬意を払うべきです。精神的肉体的営為に報いるに対価を支払うというのは、啓蒙《けいもう》的近代世界の基本的ルールでもあります。「税金」と呼ぼうと「年貢」と言おうと、それは貴方の自由ですが、タダということはあり得ません。

繰り返しますが、タバコ一箱です。

一回につき250円は立喰いでカケすら食べられない金額です。

きっちり払ってください。

このような経緯で始まったメルマガもすでに三年目に突入しました。この間に僕はカナダで『GARM WARS The Last Druid』という十五年越しの実写企画を実現し、『THE NEXT GENERATION パトレイバー』シリーズ全七章を手がけ、その最終章となる劇場版の製作までを終えました。思えばずいぶん働いたものです。同じ時期、アニメ業界では東小金井の某巨匠が引退宣言なるものをしたようですが、僕は仕事があるかぎり映画を撮り続ける所存であります。

第1回「おすぷれい」（MV‐22オスプレイ配備問題）

わあわあ騒いでるうちに、もう岩国に到着しちゃいました。

定期購読している『航空ファン』10月号の巻頭グラビアには、プロップローターを折り畳み、主翼を90度回転させた、格納形態のオスプレイの写真が掲載されています。

デザインが未来的で、絵になる機体だから、アニメや映画ではすでに数年前から常連と化していたオスプレイだけど、輸送時にどう折り畳むのかは判らなかったから、メカデザイナーたちは狂喜していることでしょう。

ちなみに「プロペラ」で「ローター」でもあるから「プロップローター」と呼ぶのだそうです。僕の造語じゃありません。

いやあカッコええなあ、というのが第一印象。

折り畳んで格納されてる姿は、艦載機やヘリの特権だけど、「絵になる機体は畳んでも、残骸になっても絵になる」という持論を証明してくれる写真です。

実際にナマで見たら、さらに迫力があることは間違いないでしょう。

と、まあ航空マニア丸出しの書き出しですが、真面目なことも書きます。

日本のマスコミによって、すっかり「悪役22号」と化したオスプレイですが、この飛行機ってそんなにヤバイしろものなんでしょうか？

それなりに気合は入れてきたけど、所詮は一介の航空マニア・軍オタに過ぎない私でも、およそ次のことくらいは言えると思います。

文字通りダントツの技術力を誇るアメリカ航空宇宙産業界が、そんなヤバイ機体を量産してるとは思えないし、どんな高価な兵器より兵士の命を大事にしてる米軍が（別に人道主義だからじゃなくて、政治的理由によってだけど）、そんなヤバイ機体を制式採用するわけがないじゃない。

考えてもみよ。

オスプレイ一機が乗せてる海兵隊の精兵一個小隊24名を育成するのに、いったい幾らオカネがかかると思います？

現代の兵隊さんてのは、ランニングして射撃訓練して、メシ喰わせてれば一人前になるわけじゃない。突撃銃のタマ代なんて、いくら撃ちまくったってたかが知れてるけど、実射訓練で百万円単位の携行ミサイルも撃たせなけりゃならないし、銀輪部隊じゃないんだから高価な装備車輛も必要だし、そのメンテナンスやらなんやらでまたカネがかかる。定期的に演習もやらなきゃ部隊の練度を維持できないけど、これがまた実際の戦争と同じで、とんでもないオカネがかかります。まあ沖縄でやってる分には、「思いやり予算」でやつで日本が負担してるんだけど。兵隊さん一人のライフサイクルコストがいったい幾らになるのか、私には見当もつきません。

そんなカネのかかった海兵隊員一個小隊24名を、いつ落っこちるか判らない飛行機に乗せるわけがない、と私は経済的見地から考えます。

遺族に対するケアだってあるんだし。計算の仕方にもよるだろうけど、海兵隊員24名のお値段とオスプレイ一機のお値段は、いい勝負なんじゃないでしょうか。

日本のメディアだけじゃなく、アメリカのメディアもオスプレイの安全性には疑問を呈してる、という意見があります。僕も見ましたけど。ただ、ここで注意しなけりゃいけないのは、その「疑問」なるものを誰が口にしているかでしょう。

オスプレイの開発はF22と同じ、ビッグプロジェクトですから、莫大《ばくだい》なオカネが動きます。これはアメリカのメディアが軍の大型計画を監視して、しばしば批判的な観点から報道することは、アメリカのメディアの原則的な立場として理解できるし、またアメリカのシンクタンクや研究機関は多くが政治的立場を持っており、それらの研究員や論者の見解も、それぞれの立場からのものとして読み取らなくてはならない、と『航空ファン』9月号で軍事評論家の岡部さん（岡部いさく氏）も書いてます。

さすがにデンドロビウムだけの人じゃありません。

要するに含むところの多い、政治的発言である可能性を考慮せずにまるごと信じちゃイカンということです。まあ、それ以前の問題として、自分に都合のいい意見を掻き集めようとしたのなら（そうなんだけど）何をか言わんやだけど。

それにしても「ウィドウメーカー」だなんて、古いなぁ。

アメリカのジャーナリストも語彙が貧しいなぁ。

あれはB－26でしたっけ、岡部さん。

クルセイダーも、デーモンもそう呼ばれてましたっけ。

あ、スターファイターもだ。

もはや軍用機の修飾語、定冠詞みたいなもんですね。

そんなもんを、ありがたそうに報道するなんて、勉強が足りません。

そう言えば、「オスプレイはヤバイぜ」と発言しているアメリカの技術屋のオジさんの顔をテレビで眺めながら、なんだか見たような聞いたようなデジャブを感じてたんだけど、いまこうして書いてて思い出しました。

ＮＨＫスペシャルかなんかで、マークⅠ型原子炉の開発に関わった技術屋の爺さんと同じ種類の顔だったんだ。なんだ、なあんだ、「あのタイプの原子炉はヤバイと思ってたんだ」とかなんとか言ってた、あの爺さんたちと同じじゃん。

ふざけるな、と怒りましたね、あン時は。

今頃になって何言ってんだい。

僕は技術そのものは大好きですが、技術屋と呼ばれる人たちはあまり好きじゃありません。映画監督と同じで、夢とか妄想とかに情熱を燃やす人間たちに、まず人格者はいませんから。

話が脱線しましたが、「オスプレイはヤバイ」という話には、あまり根拠がないんじゃないでしょうか。オートローテーション能力がどうとか、ボーテックス・リングがこうとか、そういった専門的なお話に関しては僕が書くまでもなく、『航空ファン』の特集で専門家の方々がしっかり書いておられます。騒音がひどい、なんてのは言いがかりみたいなもんです。F－22やF－35は凄《すご》いらしいけど。

問題なのは実は「オスプレイ」なんじゃなくて、それが普天間や岩国に来るってことでしょう。だってオスプレイと交替してお役御免になるCH－46Eは、それじゃ安全で静かなんだろうかって話です。

米軍が憎けりゃオスプレイも憎い。要するにそういうことでしょ？

今回のオスプレイ騒ぎの正体が何なのか、マスコミの報道を鵜呑みにしてる方たちは別として、実は皆さんとっくに判ってらっしゃる。

「普天間問題をオスプレイにすり替えるな」とキャスターの安藤さんは言ったそうですが、さすがです。実は以前から安藤さん、憎からず思ってました。ショートカットだし。

オスプレイにとってアンラッキーだったのは、普天間問題のゴタゴタの真っ最中に配備になったことでしょう。

まあ、飛行機オタクを別とすれば、あんなデカイのが町の上をブンブン飛び回るのは不愉快だし怖《こわ》い、という感情は理解できますし、オスプレイの怪物的デザインにも責任の一端があるのかもしれませんが。「スケープゴート」と呼ぶにはゴツ過ぎますから。

それにしても、可哀想なオスプレイ。

なあんにも悪いことしとらんのに、ここまでボロクソに言われるなんて。

兵器だから、いずれ悪いことするかもしらんけど……。

ハトヤマ出て来い、というのが当面のスジだと思います。

なんか、いろいろ書けると思って書き始めたんですが、存外に書くことありません。つまり、そのくらい事態の本質は単純だったということでしょうか。なんかこう書くと、もう終わっちゃった話みたいですけど、実は終わってるんですよ初めから。

だってオスプレイの配備を拒否するなんて、ハナからできやしないんだから。米軍に出てって貰って、その代わりに憲法も変えて、まじめに武装する気があるなら別だけど。あれもイヤ、これもイヤだけど、安全に、安価に、快適に暮らしたい。そういうわけにはいかないんです。

コドモじゃないんだから。

ところで……。

この騒ぎであまり口にする人がいないのかもしれないけど、言っちゃいます。

オスプレイって、実は自衛隊にぴったりの機体だと思うんだけど。

なにしろ航続距離は長いし、ペイロードは大きいし、速いし……想定される有事で最も可能性が高そうな島嶼《とうしょ》戦にまさにぴったり。災害派遣するにしても現用のヘリより役に立ちそうだし。「おおすみ」とかに載せれば、海岸線からのアプローチで内陸のどの地点にも送り込めるし。完全武装のマッチョが24人も乗れるんだから、女子供老人なら40人くらいいけるでしょ。なんか日の丸もF－35より似合いそうだし。二個飛行隊24機は欲しいな。

それと、ハリウッドには新規に制式化された軍用機があると必ず映画にするって伝統があったんだけど。ヘリでもアパッチの映画があったな……つまんない映画だったけど（注／1990年米。原題『Fire Birds』。邦題『アパッチ』）。

オスプレイはキャラ立ちしてるし、何より映画を宣伝に使うことに関しては四軍一の海兵隊が運用してるんだし、なぜ映画にしないいんだろう？

タイトルはズバリ『怒りのオスプレイ』で決まりでしょう。

それにしても、今回のオスプレイ騒動は原発問題と似てるなぁ。

マスコミはもちろん、政治家も評論家もブンカ人も、要するに全ての日本人にとって「安全」以外にテーマが無いんだなと、つくづく思います。「安全」には目の色変えるのに、どうして「国防」には興味がないんだろ。この「安全」とか「国防」とかについては、またの機会に書きますけど。

ひとつだけ、結論らしきこと。

科学や技術には必然的に「リスク」というものが伴います。その「リスク」と勇気を持って付き合い、これを飼い慣らしていくことが近代を生きるってことなんです。近代以前の無知と迷妄の世界に撤退するのがイヤだとするならば、ですが。

「安全」は誰かが保証してくれるものじゃありません。最後は自分で、自分の知恵と勇気で、自分と自分の大事な人を守らなけりゃいけないいんだ。

もうひとつ。

今回やってきた海兵隊のオスプレイは「MV‐22」なんだけど、アタマについてる「M」

は「マルチミッション（多任務）」の「M」じゃなくて「マリーンズ」の「M」なんだって。

こういうところにコダワルのが海兵隊なんだなあ。だから時代遅れになっちゃうんだ。

ちなみに、ほとんど同じだけど米空軍が導入したオスプレイは「CV-22」。こちらの「C」は、もちろん「キャリアー（輸送機）」の「C」です。またまた『航空ファン』の特集でゲットした蘊蓄《うんちく》でした。

いやあ、ためになるなあ『航空ファン』。

オスプレイ問題を語るなら、最低限9月号と10月号の特集記事は読んでおきましょう。

第2回「中国のデモ暮らしぃ」（中国反日デモ激化）

なんか凄いことになってるみたいだけど、ホントのところはどうなんだろ。

知り合いの役者さん、あちらで仕事してる人なんだけど、ちょうど帰国してたんで訊《き》いてみました。

「どうなのよ」

「なんか街中が反日で一色ってことでもなくてデモから少し離れると日常ですね」

「やっぱり怖い？」

「怖いスね」

「デモに出くわしちゃったらどうすンの」

「参加します。釣魚島は中国の領土だぁ〜（北京語）」

「上手《うま》いね」

「その後で、なんちゃって。小さく呟《つぶや》きますから、テレビで見てください」

さすが役者です。

冗談にカラダ張ってます。

凶暴化してるとしても、内実は官製デモです。党の意向を汲《く》んだ当局が煽《あお》るだけ煽って動員かけて、外交上のポイントを稼ぐ。本気で怒ってるんだぞ、というメッセージを外向けのメディアに見せつけて、潮時と見たら沈静化させる。止まらなかったら容赦なくダンアツしてお開きにする。デモだろうが暴動だろうが、なんでも政治的手段であり、プロパガンダだもん。ちょっと前までは、それなりにコントロールできてたみたいだけど、最近はどうもうまくいってないみたいです。

毛沢東の肖像画まで持ち出しちゃマズいでしょ。

反日が止まらなくなっちゃって、いずれは体制批判へとシフトしてゆく。絶妙の頃合いを見計らって収束させる、その手つきが危うくなってきてるみたい。

理由はいろいろあるんだろうけど、個人レベルで入手できる情報量が、かつてとは比較にならないくらい増えてきたんでしょう。世界一のフィルタリング技術で外部からの情報を制御したとしても、海外に住んでる人間は増えてるし、しかもかつてと違って知識階級の比率が上がってるし、国内の横の繋がりはケータイやらネットやらでリアルタイムになってるし。こういう古臭い政治手法は、下手すると両刃の剣になりかねません。共産党の古典的政治手法がどこまでテクノロジーを制御できるか。

個人的には、そういう興味で眺めてます。

ただ勘違いしちゃいけないのは、アメリカ議会でのロビー活動から「蜜の罠《わな》」に至るまで、中国共産党のプロパガンダにおけるハイローミックスは徹底してますから。

甘くみちゃいけません。

多少の齟齬《そご》があったって、最後は物量で押し切るのが宣伝の本質ですから。天安門（事件）を忘れちゃいけません。あれをワルシャワやプラハに重ねて、ロマンチックな気分に浸ってたのは日本のマスコミだけです。

こないだのエジプトでも、同じことやってましたけどね。

あ、フィリピンの時もそうだったっけ。

民主化を叫んでいた学生たちの情熱はホンモノだったとしても、それを党内の権力闘争の具にしちゃうのが、中国の政治の恐ろしいところです。

天安門で百万人死んだってカンケイない、と言ったのは鄧小平じゃなかったっけ。

核戦争後の廃墟《はいきょ》に共産主義を打ち立てる、と毛沢東も言ってなかったっけ。

国民党軍の近代化を阻止したのは蔣介石その人だったし。

自国民の生命を政争の具にしてきたのが、あの国の歴史であり、それはいまだって何も変わっちゃいません。上下の力関係だけをテーマにして生きてきたんだもの。民主主義なんてカンケイありません。ましてや官製デモの暴走、暴動化なんて屁《へ》でもありません。

「デモ」は「デモンストレーション」の「デモ」。

「デモクラシー」の「デモ」じゃありません。

反日だろうが愛国主義だろうが、それこそ民主化を謳《うた》ったとしても、なんなら「反原発」であったとしても、街頭における行動が歴史を動かし、政治の風向きを変えるなんてことがあるわけがない。

それが武装デモだろうが非暴力だろうが、非日常的手段をもって、日常に根を張った権力をどうこうできるはずがありません。花を捧《ささ》げて戦車を止める、なんて絵に感動してるようじゃダメなんです。花だろうが火炎ビンだろうが、ダメなものはダメなんです。突撃銃やサリンなんか持ち出した日にゃ、ただのテロと化して自滅あるのみ。そういう愚かな幻想が収容所と虐殺を生むのです。

話が脱線しましたが、このへんのお話はまたいずれ、じっくりと。

それにしても、大陸の人も、半島の人も、どうしてこう熱くなるんだろ。

雇用の場である工場まで破壊しちゃって、自分の首絞めるだけなのに。

街頭に出た途端に暴徒化して自傷行為に走るってのは、これはアジア的専制下で忍従してきたことの反動なんだろうか。それもこれも、歴史過程をスッ飛ばして近代に突入しちゃったツケが回ったってことなのかも。

だとしたら、それは日本だって同じ筈《はず》なんだけど。

……とここまで書いてハタと思いつき。

これってもしかして政治的行為というより、「蕩尽《とうじん》」を本質とする祝祭なんじゃなかろうか。バタイユ先生ならそう言うかもしれません。

エロチシズムと無関係な中国共産党は、そう言わないだろうけど。だとしたら他所《よそ》さまのお祭りとして、テレビで眺めてるのが正解でしょう。

実のところを言えば、うんざりです。

「ノイジー・ネイバーズ」って言葉があるんですが、知ってます？「うるさい隣人」とか「気に障るお隣さん」とか、そういった意味なんだけど。マンチェスター・ユナイテッドのサポーターが、同じ街のライバルチームである、マンチェスター・シティを指してそう呼んでるんだそうです。

突然フットボールの話です。

年に二回のダービーマッチならいいんだけど、年がら年中うるさいこと言ってる「困ったお隣さん」には、もう心底うんざりです。

話せば判る、わけがありません。あン時はああだった、こうだったを言い出せばキリがなく、最後は戦争あるのみ。日清談判破裂してです。戦争したくないんだったら、ハラ括るしかありません。きっぱり手を切りましょう。

「脱亜入欧」の福沢諭吉は、やはり正しかったんです。アジア人同士なんだから仲良くしよう、はダメです。たまたま同じアジアだから何だって言うんです。アジア人なんて人間はいませんし、アジアに上下関係を規定したのはあちらさんが先であることは、歴史の本を読めば御案内の通り。大東亜共栄圏も大アジア主義もカンケイありません。ましてや、隣国なんだからなんて世迷言《よまいごと》は言語道断です。

「アジア経済圏」だの、「友愛の海」だのも、純然たる妄言です。近代を理解しない方々とのおつき合いは、現金決済か物々交換の間柄に留《とど》めておきましょう。

念の為に言っておきますけど。

個人としての「大陸の人」や「半島の人」に恨み辛《つら》みはありません。

優秀な人も、尊敬に値する人も個人的に知ってますし、僕のスタッフにもいました。

あくまで国と国のお話ですから。

最後に「大陸の人たち」について幻想を持ちたくないという貴方に。

別宮暖朗さんの『中国、この困った隣人―日本人ビジネスマンへの警告』（刊：ＰＨＰエディターズグループ）は絶対のお薦めです。反日暴動に過剰反応しないためにも、必読の書です。

第3回「どらくえ」（ドラゴンクエストⅩ発売）

何を隠そう、僕は『ドラクエ』を語るに相応しい人間です。

膨大な時間を投資して、繰り返しプレイしただけでなく、自分も楽しんで他人も楽しませて、なおかつ大金を手にしようと、同じようなゲームまで作りました。

『サンサーラ・ナーガ』っていうRPGなんですけど。

スーファミ版の『〜2』はそこそこ売れて、メーカーさんからトロフィーも戴きました。

プログラムのスキルがゼロだったので、難攻不落のけったいなゲームでしたが。

そういえば、メガドラの『機動警察パトレイバー／98式起動せよ！』も、いま思えば『たけしの挑戦状』といい勝負の理不尽なゲームでした。なにしろプログラムのスキルがなかったので。

でも精一杯、夢を膨らまして、頑張って作ったゲームだったんです。売れませんでしたが。

そんな僕が、今回は奥さんと相談してパスすることにしました。

『ドラクエX』のお話です。

なぜパスすることにしたかといえば、オンラインゲームだからです。

オンラインゲームは、一度もやったことがありません。キライだからです。どこの誰とも知れぬ、アカの他人と出会ったり、旅に出たりしたくないからです。

以前にも、あちらこちらに書いたことですが、そもそもなぜ僕がゲームに、なかんずくRPGと呼ばれるゲームにハマったかといえば、それは不健全な歓《よろこ》びに耽《ふけ》りたい、暗い愉悦に浸りたいという「後ろ暗い」欲求を満たしてくれる形式だったからでした。

このへんのお話は『注文の多い傭兵《ようへい》たち』って本にねっちりと書いたので、そちらを読んでください。入手困難だと思いますが。

いくらなんでも、これだけでは世界の半分も納得しないでしょうから、もう少し書きます。

RPGの本質は「殺戮《さつりく》と略奪」に尽きます。

これは誰が何と言おうとそうなのであって、オレは違うぞと思っている方は己の暗い欲望と向き合うことを恐れて、自己欺瞞《ぎまん》に陥っているだけです。

いいぢゃありませんか、ゲームなんだから。

高額な装備が欲しくて弱っちいモンスターを殺しまくり、他人の家に勝手に上がり込んでタンスの引き出しを開けたりしてるじゃないですか。仲間が瀕死《ひんし》の状態でも、宝箱だけは必ず開けずにいられない。

そこの貴方、あなたのことですよ。

身に覚えがあるでしょ。

「友情」だの「使命」だのは、その暗い愉悦を覆い隠し、糊塗《こと》するための方便に過ぎません。まあ、その辺の事情を隠さず、あからさまに描いたゲームもありましたけど。『M&M』とか。その反対に、徹底して偽善の道を貫いたゲームもありました。『ウルティマⅣ』のことですけど。なんせ聖者・アバターですから。ゲームクリアのためとはいえ、献血したり施したり。いやあ、恥ずかしかったなあ。

「殺戮と略奪」のどこが悪い。

現実にそれをやったとしたら人外魔境・地底獣国ですが、なにしろゲームですから。そしてゲームだからこそ、独り隠れて非道を貫くことで、快感はいや増すのです。

当たり前じゃん。

何が悲しくて、そんな姿をパブリックに晒《さら》さねばならないのか。

匿名だからいいじゃん、という話ではない。

「オシイマ」だろうが「イヌマル」だろうが、「押井守」だろうが同じことです。

誰かがそれを見ている、知っているからでなく、己が見ている、知っているからイヤなのです。

プログラムされたキャラではない、背後に現実の人間がいるからこそ、意外性と偶然が期待できるのだ、という反論もあるでしょうが、そんなものはゲーセンの『バーチャファイター』で経験済みです。中学生にタコ殴りにされて不愉快だっただけです。ゲームに他人を意識したいなら、血なまぐさい麻雀で充分です。

いやというほど「他人」を意識できるし、なんなら「関係の絶対性」に思いを致すことだってできるし、高邁《こうまい》な真実に触れることだって可能です。現金収入という副産物もあるし。負けてハダカに剝《む》かれることもありますが。

こうして書いてみると、判りきったことばかりです。

そんな判りきった理屈を、よりにもよって本家本元の「ドラクエ」がなぜ？　という思いが全てであり、「今回はパス」を決めた理由の全てです。

なんか面白くない文章になっちゃいました。

『ドラクエ』を語るに相応《ふさわ》しい人間だからこそ、語るべきでなかったのかも。

今回の『ドラクエX』は『ドラクエX（エックス）』なのであり、「ドラクエ」のパチもんであることにして、ほどよく忘れつつある『ドラクエⅧ』でも久しぶりに引っ張りだすことにします。

堀井さん、すみません。

第4回「いちろー」（イチロー選手NYヤンキースへ移籍）

イチローがヤンキースで頑張ってます。

ワールドシリーズまで行けるかどうか、現時点ではまだ判りませんが、個人的には是非とも行って欲しいと願っています。

なぜなら、彼は全てを手に入れた男だ（そう思われている）からです。

まあ、野球は（イチロー的にはベースボールと呼ぶべきなのでしょうが）団体競技なので、彼個人の努力のみで試合に勝つことはできませんが。

その辺の事情はサッカーの中田（ヒデ）と似ています。ヒデとは、二回ほど会う機会があったのですが、彼は「自分は団体競技であるサッカーには向いていなかった」と言ってましたね。冗談かと思ったのですが、そう思わせないところが彼らしいところです。

イチローとヒデは、よく比較されますし、確かに似ているところがあるのですが、実はかなり違う種類の人間なのではないか——と、その辺の話はいずれまた、別の機会に書こうと思っています。

イチローは全てを手に入れた男であり、所謂《いわゆる》「勝ち組」「成功者」だと思われている、というお話でした。

確かに、メジャーリーグに移籍した日本人選手の中で、彼の活躍は群を抜いていますし、メジャーでの新記録も残しています。未だに現役の選手として出場していることからして、メジャー行きを選んだ選手の中では、野茂と並んで最も成功した選手だ（厳密には、野茂は投手で、イチローは野手なので、同じように論じることはできませんが）ということになっています。

そのイチローが未だに果たしていないのがワールドシリーズ出場であり、だからこそ選手としてのピークを過ぎた彼は、ヤンキースへ移籍したのだと、世間的にはそういうことになっているようです。

それは真実なのでしょうか。

誰もが知っていて、誰もが語るイチローという人物の、しかしその実相がきわめて判り難《にく》い男の「勝利」の内実とは何か、というのが今回のお話です。

僕は野球といえば、小学生の頃に兄貴とやった「三人三角ベース」以外に経験がなく（三人でも野球はできる！）全くの門外漢でしたが、サッカーに目覚めるまでは、毎晩『プロ野球ニュース』を見て、たまには球場にも足を運ぶ程度の、普通の「野球オヤジ」でしたから専門的なお話はできません。

誰もそんな話は期待していないと思いますが、念の為。

ちなみに御贔屓《ごひいき》はヤクルトスワローズでした。

広岡・野村監督時代の限定つきですが。

全てを手に入れる、とは具体的にはどういうことでしょうか。

「獲得するは全世界」なんて、懐かしいフレーズもありましたが、普通に考えれば地位と名誉とオカネ、ということになるのでしょう。

ギャラクターやショッカーじゃないんだから、世界征服じゃありません。

そういえば、その手の悪役がアニメや特撮ものから姿を消して久しいのは、なんとも寂しい限りで、いつかこの手で復活させてみたいもんだ、と密《ひそ》かに考えたりもしています。

まあカンケイありませんが。

そういえば、映画監督は地位とカネとオンナだ、と叫んでいたバカな監督もいましたっけ。

「地位」であって「名誉」ではなく、「オンナ」であって「女優」でないところがビミョーというか、要するに通俗であり、その時点で監督失格です。「名誉と女優」だとカンヌ映画祭の世界で、これはこれで通俗ですが。

話がどんどんカンケイなくなっていくので、強引に戻します。

イチローにとって、「メジャーで最も成功した日本人選手」という形容詞ほど無縁なものはないでしょう。

「日本人選手」でなく「野球人」と言い換えるなら、話は別です。

彼にとって野球をプレイすることはオリンピックに出場することではないし、「日の丸」を背負う義理も意味もなかった筈です。

なによりも彼にとって野球は「最も好きなこと」であり、おそらくは職業ですらない。ましてや人格を陶冶《とうや》するための手段なんぞであるわけがない。

子供の頃から、好きで好きで仕方がなかった野球を最も楽しむためには、それを「職業」とするのが最も合理的であり、同じ職業野球選手（プロ）として生きるなら、日本の「野球」よりメジャーの「ベースボール」の方が遥《はる》かに楽しめる。だから日本の野球界に何の未練も残さず、さっさとメジャーに行くことにした――というのが正しい順番であって、その逆ではない。

「好きなこと」を「生きる」ために職業にしたのであって、職業という枠内での達成を目指したのではない、というところがつまり、イチローという人物を理解するためのキモです。

彼は日本のせせこましい人間関係や、スポーツ新聞的な「勝った負けた」「敗戦監督」式の論理が横行する野球でなく、メジャーのアッケラカンとした「ゲーム」を楽しめる「ボールゲーム」の世界で野球を存分にプレイしてみたかったし、そういう世界でしか自分のプレイを楽しめなかった。

おそらくオリックスの二軍時代の経験が大きく影響しているのでしょう。ファームから上がった試合で、いきなりホームランをカッ飛ばしたにも拘《かか》わらず、大振りし過ぎるという理由で再びファーム落ちを宣告された、例の事件です。

そんなイチローの才能を見出《みいだ》し、存分にプレイさせてくれた仰木《おおぎ》監督も、日本の球界では決して主流ではあり得ない。選手だろうが監督だろうが、「読売巨人軍」という名前のみが肥大した球団を経なければ、本流たり得ないような、そんな言説が横行するのが日本の野球界なのですから、「野球を楽しむ」どころの話ではない。

観客は観客で、球場で選手の凄いプレイを賞賛するよりも、翌日の新聞紙面で球団の勝ち負けに一喜一憂する。「ボールゲーム」のおおらかさなど微塵《みじん》もない。

こんなところでやってられっか、と思ったとしても無理はありません。

彼は日本では「自分の野球」ができなかったからこそ、メジャーリーグという舞台を選んだのであって、野球選手としてのランクアップを目指して「メジャー」という上位システムへシフトしたのではない。

そもそも、野球人として生きる上で他に選択の余地がなかったのであり、だからこそメジャーに移籍してからの彼は、かくも輝いて見えたのでしょう。

名誉やら記録やらも、野球をより楽しむための目標なのであって、そのために試合に出場するわけではありませんから、どんな大記録がかかっていようと、それは自分自身を興奮させるためのメルクマールでしかなく、マラソン選手を自殺に追い込んだような心理的重圧とは異なります。

なにより野球はゲームであり、戦うべき相手あってこそのスポーツなのですから、記録といっても相対的なものに過ぎないことは、賢明かつ聡明《そうめい》な彼にとっては自明のことがらに過ぎません。

彼の思考回路内を伝播《でんぱ》する情報を整理し、優先順位をつけるとそうなるのです。考えることは、物事の順番を正しく判断することであり、僕がイチローという人物の行動に優先順位をつけると、そういう結論になるのです。

間違っていない筈です。

と、ここまで書けば自ずと冒頭の設問に対する解答は出たも同然です。

「全てを手に入れる」というモチベーションは、そのまま動機なのであって、獲得目標ではありません。その方が情熱を維持できるからこそ設定されるべき何かなのであって、逆ではない。

イチローはギャラクターでもショッカーでも、ましてやヒトラーでもないのだから、世界制覇もワールドシリーズでの優勝も、それが叶《かな》わなければ全人格を否定されるような絶対目標ではないし、ワールドシリーズ出場を逃しメモリアルのメダルを手にできなくとも、「ボールゲーム」を誰よりも楽しみ、堪能《たんのう》した野球人の一人であるという事実には何のカンケイもありません。

そんなことは、誰よりも彼自身がよく判ってらっしゃる。

それでもなお、彼のワールドシリーズ出場と優勝を願うのは、僕自身の願望に過ぎません。勝つべき者が勝つべくして勝つ、という理想型をこの目で確認したい、「愚民どもよ、ザマーミロ。わっはっは」と快哉《かいさい》を叫びたいからであって、NHKの特番を見てカンドーしたいからではありません。

とまあ、ここまで書いて気づかれた方もおられるでしょう。

それを日常的に楽しむために職業化し、より楽しむための環境を求めて舞台を選ぶ、という生き方とはつまり、映画監督も同様なのです。例の「世界のナントカ」という、僕の周囲の人々が好む冗談の話じゃありません。

繰り返しますが、自分が楽しみたい、それを通じて自己実現を果たしたい、その「楽しみ」を日常化するためにに職業にするのであって、職業の枠内での達成を通じて自己実現を果たしたいという、職人的かつ日本人的な「生涯一捕手」とかいう類の話じゃありません。

職業というものは、本来そのために存在するのであって、人は職業を通じて社会人となるのは事実だとしても、職業を選択することは自己実現のための合理的な判断であるのが正しい。

人は好きな事でしか努力できないようにできているからです。

拳銃を撃ちたくて警察官になった、あるいは突撃銃を連射したくて自衛隊員になったという判断は、それ自体は間違っていないのです。

問題があるとすれば、日本のお巡《まわ》りさんは訓練を含めて滅多に拳銃を撃てないし、陸自の普通科隊員も突撃銃を連射する機会は意外に乏しい、という事実関係をきちんとリサーチして認識していたかどうかであり、撃つだけなら貯金してグアムへ行った方が合理的であり、銃器で戦うことを日常化したいなら、外人部隊に入って傭兵になるべきでしょう。

まあ、傭兵だって日常的に撃ちまくってるわけじゃありませんが。

映画を楽しむ、そのことで自己実現を追求するためなら、手段も舞台も問わないのが職業監督の本質です。ハリウッドが映画の上位システムなんぞであるわけがない。ただ、より映画を楽しむための、大きな舞台であることもまた事実です。

ただし獲得目標と過渡的綱領（マヌーバーというやつです）の相違を的確に判断しないと、本末転倒の悲喜劇を演じるハメに陥ります。

デル・トロという監督がI・G（プロダクション・アイジー）に遊びに来たときに言ってました。

「ハリウッドは大きなオモチャ箱を楽しめるから行くけど、自分の本当の仕事はスペインで撮るB級映画なんだよね」

『パンズ・ラビリンス』を撮った男が『ブレイド』や『ヘルボーイ』を撮る理由がこれです。やはりただのデブでも、オタクでもありません。

オタクで、デブであることも事実なんですが。

そういえば、吃驚《びっくり》するような美人の若妻を連れてたっけ。

まあ他人の奥さんだから、どうでもいいんですが。

最後に、野球を楽しむということを人生の目標に据え、正しい順序で選択をできたイチローは、もちろん賢明かつ聡明な男なのですが、その舞台で本当に賞賛すべきプレイを演じられたことは、これは彼の優れた資質と、それを鍛錬しつづけた彼の努力に帰すべきことがらであって、誰にでもできるわけじゃありません。

それをあっさりと（というように見える）やってみせてしまう爽やかさが、彼の最大の魅力であり、僕が彼のファンである理由でもあります。

そういえば、役者としてもなかなかのものでした。『古畑任三郎』のお正月スペシャルで演じた殺人者の役、楽しそうにやってましたが、田村正和を向こうに回して全くビビらないところは、さすがに大舞台を踏んだ者の強さでしょう。

いつかテロリスト役で使ってみたいです。

んじゃまた。

第5回「のおべるショウ」（山中伸弥教授ノーベル賞受賞）

日本人が受賞した時だけ盛り上がる、という意味でいえばカンヌやヴェネチアの映画祭と似ていなくもないです。

当たり前といえば、当たり前の話だけど。

僕は小学生の頃は、偉人伝が大好きな（いま思えば）ヤなガキでした。

『キュリー夫人』『野口英世』『二宮金次郎』あたりは定番中の定番だけど、『ベーブ・ルース伝』から『エジソン物語』まで、なんでもかんでも読みました。

それにしても偉人伝の多読なんてバカなんじゃないの、とお若い読者は思うでしょうが、これも戦後という時代性を理解しないと判らない。

高度経済成長期を迎える前の時代、つまり戦後焼け跡の匂いの未だ残る復興期の日本には、こういった「前向き」とか「向上心」とかの言葉がぴったりくるような物語が必要とされてたんです。

僕がヤなガキだったことは否定しないけど、それ以前に子供の読む本といえば、こういった偉人伝か『西遊記』みたいな古典の翻案ものしかなかったことも事実なんだよね。

なにしろ本といえば、インテリ嫌いの親父は全く買ってくれず、クリスマスに一番上の兄貴（もう死んじゃった）がプレゼントしてくれた本しかなかったし、それがまた毎年この類の本ばかりだったんだから推して知るべし。

ことは読物に限らず、マンガ雑誌の連載といえば川上哲治も登場する『侍ジャイアンツ』からG馬場の『ジャイアント台風』、キックボクサー沢村忠の『キックの鬼』『レッツゴー・ケネディ』なんてトンデモ漫画まであった御時世でしたから。

そう考えると後の世の『巨人の星』も『空手バカ一代』もこの系譜に属するわけで、梶原一騎の語った物語の本質が戦後復興期に起源を持つという説も（僕の持論だけど）肯《うなず》けます。この人の原風景が「ドヤ街」だったり「泪橋《なみだ》」だったり、要するに「貧しい日本」にあったことは『あしたのジョー』で御案内の通りだし。

それはまた別の話だけど。

とにかく全国津々浦々、大人から子供まで上昇志向の嵐が吹き荒れてて、一億総懺悔《ざんげ》がそのまンま一億総決起みたいな風潮ではあった。

団塊のオヤジたちだって、みんなこの辺りを読んで大きくなったんだし、その挙句の果てが現在の日本なんだから、思えば罪作りな出版事情ではありました。

で、ノーベル賞の話なんだけど、僕がノーベルというオジさんについて知ったのも、この類の本からだったことは間違いありません。

化学者ノーベルは、当時相次いで起こっていた炭鉱事故を深く憂い、艱難辛苦《かんなんしんく》の末についにダイナマイトを発明したのでしたが、後にそれが戦争に使われて多くの人命を奪ったことに悩み苦しみ、莫大な財産を人類の平和と進歩のために尽くした人々に贈ることにしたのでした——というような物語だったと思います。

ほんまかいな、というのが当時まだ小学生だった僕の感想でした。

この辺は僕がヤなガキであった由縁でもあるのですが、偉人伝なんか読み耽っていた一方で、物事を妙に斜に構えて考える子供でもあったわけで、子供にだって価値観の二重性ってやつはあるのです。

そうバカにしたもんでもありません。

威力抜群ながら取り扱いが難しかったニトログリセリンを、定常的に扱えるように改良したダイナマイトなんて画期的な発明品は、炭鉱や土木工事だけでなく、戦争に用いられるに違いない、くらいのこと考えるだろふつー。

そのくらいの知恵は『鉄腕アトム』や『鉄人28号』の愛読者であれば、小学生にだってあります。

「科学技術はそれを用いる者によって、悪にも善にもなり得る」のであり「良いも悪いもリモコン次第」というのは、当時の子供たちのメインテーマのひとつでしたから。

まあ、ノーベルは生前から「死の商人」とか言われて、自分の死後の評価をひどく気にしていたのは事実だったようですけど。

そういった、成り立ちからしていかがわしいノーベル賞ですから、これが人類普遍の価値観（そんなものがあるとして）に基づいて選出されるなんて、信じる方がどうかしてます。

湯川秀樹や川端康成の「物理学賞」「文学賞」はともかくとして、ベトナム労働党の大物で「パリ和平会談」という名の政治折衝を「戦い抜いた」政治局員のレ・ドク・トが「平和賞」だよ。ドク・ト本人は辞退して、相手のキッシンジャーは貰ったけど。

あの戦後日本のヌエ的性格丸出しの「非核三原則」で、当時のホワイトハウス首脳陣を唖《あ》然《ぜん》とさせた佐藤栄作も「平和賞」だよ。

マザー・テレサに「そんなカネあるんだったら貧しい人たちのために使えば」とか言われて、盛大な晩餐会《ばんさんかい》をキャンセルされた「平和賞」だよ。

他にもいろいろあるんだけどね。

ロボトミー手術を開発して廃人を量産して、患者に撃たれて障害者になったオッさんも

「生理学・医学賞」だし。ロコツな女性差別や「東洋人にはまだ早い」の差別の話もあったし。

いろいろケチつけてるけど、山中さん個人やその研究活動に恨みはないから念の為。

要するに、いかなる賞もその時代の制約を受けるのであって、普遍的な価値基準に基づくものであるわけがない、という当たり前のお話なわけだ。

後から考えれば「とんでもないオヤジにやっちゃった」は避けられないし、それはそれで人間がやることなんだから仕方ないんだけど、こと「平和賞」に関しては確信犯であることは間違いない。国際政治の表舞台に滅多に登場しない、ノルウェーやスウェーデンという北欧の国の、年に一度の政治的パフォーマンスが「平和賞」なわけだ。

そう思えば腹もたたないし、それこそ平和なんだけど。

このへんをゴッチャにして、「物理学賞」も「文学賞」も「平和賞」も一緒に考えるからおかしいことになるんだ、とそう思うわけです。

ところで、今年こそ村上春樹だと期待した方々、多かったんでしょうね。残念でした。

村上春樹さんとは面識も利害もなんにもないから、これも念の為。

ノーベル賞といえば忘れられないエピソードがもうひとつ。

1996年の6月、中国返還直前の香港議会でこんな論争があったそうだ。

当時の香港議会にはまだイギリス人も少数議員として存在していたんだけど、その議員の一人が、こう演説を始めたんだそうだ。

「いったい、中国人は近代文明に貢献したことがあるだろうか？　紙・火薬・羅針盤は中国人が発明したとされる。実際そうかもしれない。だが、これらは古代の発明であって、近代文明の一部とはいえない。最近になって、地球上で最多の人口を誇る中国人が、その他の人類に有益な発明をなしたとは聞いていないのだが……」

これを聞いた中国人議員は、無論のこと烈火の如くイカったらしいんだけど、それは中国人だけじゃなくて日本人も同じじゃねえか、とちょっと見当違いの反論をしたらしい。

すると件《くだん》のイギリス人議員はこう答えたんだそうだ。

「日本人は中国人とは比較にならない優れた発明をしているではないですか。この間の貢献は数えきれません。カラオケ・ファミコン・たまごっち（註：古い）、そして壁掛けテレビ。これらはみな、あなたがたが夜、楽しんでいるものではないんですか」

この答弁は意外だったらしく、中国人議員は中国人による発明を例証しようとして一所懸命ふんばったらしいんだけど、ついに何も思いつかなかったというお話。

僕が大好きなお話。

別宮暖朗さんて、兵頭二十八さんと並んで出版されている本は全て買って二読三読してる人なんだけど、その人の『中国、この困った隣人』という本に書いてあったエピソード。

中国人はその巨大な人口にも拘わらず、中国系アメリカ人を除きノーベル賞受賞者が一人も出ていないとも書かれてるんだけど、それはこの本が出版された2004年当時のお話で、その後に二人が受賞しました。

二人とも文学者で、一人は監獄に入ってるんだけどね。

それが誰かは検索して貰うとして、これってもちろん選定委員会のイヤがらせであり、政治的パフォーマンスであることは間違いないでしょう。

良くも悪くも、少なくとも「平和賞」に関していえば、ノーベル賞ってそういうもんだし、そもそもあらゆる賞には、そういった政治性がつきまとうってのは、映画も同じ。

カンヌでマイケル・ムーアの民主党プロパガンダ映画『華氏911』に負けて賞を逃した、この僕が言うんだから間違いありません（※）。

別に悔しくて言ってるわけじゃないから、念の為。

※編註／2004年開催の第57回カンヌ国際映画祭。このとき監督は『イノセンス』でコンペティション部門にノミネート。

第6回「おばま」（オバマ大統領再選）

どうなのよ、このヒト？

そう思ってたら再選されてました。ちっとも知らなかった。

湾岸戦争を指導して完勝し、ベトナムのトラウマを払拭したパウエルが大統領候補に推された　とき、彼は「アメリカ初の黒人大統領は暗殺される」という奥さんの言葉を受け入れて辞退したそうだ。

確かにパウエルだったら、そうなったような気がします。

栄光には悲劇の匂いがまとわりつくもんだからね。

でもオバマさんには、そういう予感が全然なかったのはなぜなんだろう。

「パパブッシュ」の湾岸戦争と、その続編だった「バカ息子ブッシュ」のイラク戦争の後だったし、いわばパウエルはその当事者だったわけだけど、オバマさんはその跡始末に登場したからなんだろうな、きっと。

リンカーンを始めとして、基本的にアメリカ大統領はキャラ的には「戦争を起こす人」なんです。ジョージ・ワシントンの「独立戦争」、リンカーンの「南北戦争」、ルーズベルトの「第二次世界大戦」、ケネディの「キューバ危機」、ジョンソンやニクソンの「ベトナム戦争」、あの大根役者のレーガンときたら虚構の「スター・ウォーズ計画」で「冷戦」に勝っちゃったし。バカ息子の方のブッシュは「テロ撲滅キャンペーン」のアフガン戦争まで始めちゃって、あれも戦争これも戦争の、まさしく「戦争を起こす大統領」そのものだからね。

歴史に名を残した大統領には、みんな戦争の影がつきまとうってのが私の持論です。

歴代の大統領の多くが軍歴を持ってるからじゃありません。

理想を実現するために——たとえそれが「平和」であったとしても、最後は武力の発動を辞さない「強さ」ってのは、アメリカの理念そのものだし、だからこそアメリカ大統領は「強い大統領」である自分を演出しなけりゃならない宿命があるわけだ。「臆病者《おくびょうもの》」「弱気」と形容されることは、彼らにとっては致命的だからね。

でもアメリカが好戦的な国家だとしても、アメリカ人だって年がら年中戦争していたいわけじゃないから、負けた戦争はもちろん、勝った戦争の後でもその反動は必ずある。その時期に大統領になったオジさんは、どうしたって「跡始末の大統領」なわけだから、何かを成し遂げた、という感じは薄くならざるを得ない。

ベトナム後のジミー・カーターがそうであったように。

この人も、結局何をしたのか良く判らない、影の薄い人だったなあ。

イランの「大使館人質奪回作戦」に大失敗した大統領、ってイメージしか湧いてこないし。

人権外交の善意の人なんだろうけど、映画の主役じゃありません。

『インデペンデンス・デイ』の大統領なんて、戦闘機のパイロットだぜ。まあ、あれはやり過ぎで笑えたけど。

そういえば、バカ息子の方は州軍でF－102に乗ってたんだっけ。

あれもダメな戦闘機だったからなあ。

エリアルールの採用でしか歴史に名を残さなかったし。

大統領とはなんの関係もないんだけど。

強引に話を戻すけど。

アメリカ人だって、戦争にうんざりしてる時は「オバマでいいや」なわけだ。

例の「チェンジ」とか「イエス・ウィ・キャン」なんて、なんか公共広告機構の意見広告のキャッチフレーズみたい。言葉に力が抜けてたし。

コカ・コーラかマックのCMにしか聞こえなかった。

ケネディ時代の、あのわけの判らない変化への情熱みたいなものが、カケラも感じられなかったもんなあ。

まあ、少年雑誌に『レッツゴー・ケネディ』なんて漫画が連載されて、小学生が熱い眼差《まなざ》しを注いでた時代の話だけど。政治家がプロレスラーやプロ野球選手と肩をならべてヒーローだと信じられた時代があったなんて、いまどきの若い人には信じられないでしょうね、きっと。

そもそもが、対立候補があのヒラリーさんだったし。

アメリカの選挙人が、いしいひさいちを読んでいたとは思えないけど、なにしろあのヒラリーさんだからね。「このオバさんで本当に大丈夫か」って、カンケイない日本人の私でも思ったくらいだもん。アメリカの有権者だって「遣《や》り手の女弁護士」なんか好きなわけないじゃない。自分のヨメにしたくない女の典型。

『CSI』とか『ロー・アンド・オーダー』とか、アメリカの警察ドラマに登場する弁護士って、演出の悪意に塗《まみ》れてるもん。特に女弁護士なんて、ほぼ最低の人間あつかいだったりするし。なんか茶化したくなるオバさんであることは間違いない。

選挙運動でも、まさに世間の持ってるイメージを体現しちゃったしなあ。

面白かったけど。

このオバさんの天下になる日が来るんだろうか。

そんな日が来るとしたら、イヤな時代だろうな、きっと。

ブッシュもオバマも、なんかこうオタク臭がするんだけど、ヒラリーさんは間違いなくオタク嫌いでしょう。とにかく、そういうヒラリーさんと大統領の座を争った人なわけだから、ハナから緊張感とか切迫感が感じられなかったわけだ。

初の黒人大統領がついに登場した、にも拘わらずだよ。

確かに黒人の大統領だけど、なんかこうオバマを暗殺しても歴史に名が残らないと思うんじゃないかな、テロリストだって暗殺する対象を選びたいだろうしね。

「トロツキーの暗殺者」とか「リンカーンを暗殺した男」とは格が違うもん。

ゴルゴだったら請け負うかもしれないけど。

政治理念、ないから。あの人。

まあ、そういうわけで、私としてはオバマさんが大統領になっちゃったことよりも、再選されたことの方が興味深かったりします。

アメリカ人て、ホントにこの人でいいと思ってるんだろうか。

だとしたら、現在ただいまのアメリカ人て、やっぱり切迫感がないんだと思う。

他所さまの国の大統領の話だし、その国の人たちが誰をトップに選ぼうと勝手なんだけど……でもホントにいいの、このオジさんで。

口に出したりしないだけで、実はみんなそう思ってるんじゃない？

私はなんでも口に出しちゃうから、こうして好きなこと書いてるけど。少なくとも、ハリウッドのプロデューサーは困ってると思うよ。

繰り返すけど、映画にならないもン。

『ディープインパクト』のモーガン・フリーマンと比較しちゃ申し訳ないみたいなもんだけど、この人とにかく絵にならないんだわ。

力が抜けるんだよね、とにかく。

ワールドカップ仏大会で、代表監督に岡ちゃんが抜擢《ばってき》された時と同じような印象なんだけど。あン時は思いっきり脱力したからね。

「このオジさんしかいないの、ホントに」って。

案の定というか、やっぱりというか、A代表5連敗でグループステージ全敗。

まあ、岡田さんのせいばっかりじゃないんだけどさ。

いつだったか、政治家は顔が大事だって話をしたことがあるんだけど。

イラク戦争のニュースを見続けてた時に思ったんだけど、やっぱり「勝利の予感のする顔」ってあるんだよね。バカ息子は措《お》くとして、ブレーンたちの顔ったら、とにかく凄かったもん。金角・銀角みたいに謀将ラムズフェルドと名将パウエルが並んで、紅一点のライス補佐官までいて、まるっきりアニメみたいなキャラ構成なんだけど、フセインの方はといえば、ラスボスのフセインはまああとして、その取り巻きたちったら、近所の電気屋の親父みたいのばっかりだったもんなあ。

正直、これじゃ勝てんわと思ってたら、文字通りの鎧袖一触《がいしゅういっしょく》。

兵頭二十八さんが言ってたけど「勝利の予感のする兵器の顔」ってもんがあるように、「勝利の予感のする政治家の顔」ってのがあるんだと、つくづく思いました。

言っとくけど、これって政治家の理念や政策の正当性とは、なんの関係もないから。

誤解のないように、念の為。

きっと、いまのアメリカのテーマが「勝利」じゃないんでしょう。

それは、まあ判らんでもないけど。

他所さまの国の話もそうだけど、我が日本国のトップはどうなんだってお話。

まあ、これも力の抜ける話題なんだけど。

「勝利の予感」は……しないなあ、どの顔を見ても。

なんか脱力というより、疲れちゃうのでまた時期が来たら書きますわ。

時期が来ても、結論は同じなんだけど。

あ、最後にひとつだけ。

「オバマ」という名の空母は就役しないでしょう、きっと。
名前からして「タラワ」とか「ワスプ」とか、強襲揚陸艦ならぴったりかも。
現役の米原子力空母は、名前からして沈みそうもないですしね。
ドスが利いてますから。

第7回「えヴぁ」（庵野秀明監督『ヱヴァンゲリヲン新劇場版：Q』公開）

『ヱヴァQ』と言われて「オバQ」の間違いじゃないかと思いました。

いきなりどうでもいい話ですが、なんでもかんでも短縮するのはやめて欲しいものです。

以前に「公開中の作品については何も言わないのが仁義」てなことを書きましたが、もはや恒例行事と化した観の『エヴァ』ではあるし、相変わらず盛況のようではあるし、私ごときが何を言おうが書こうが1ミリの影響もあるでなし。

編集部に請われるままに書くことにしました。

あらかじめ言っておきますが、僕は『エヴァ』に関しては、シリーズを何本かと、最初の映画版（春エヴァ？）以外は全く見ていません。見ていませんが、おそらくは『エヴァ』という作品について、最も適切に語り得る人間の一人であると自負しております。

ひと言で言って、『エヴァ』という作品は、まるで明治期の自然主義文学の如き私小説的内実を、メタフィクションから脱構築まで、なんでもありの形式で成立させた奇怪な複合物であります。

キャラクターの周辺に関してはパンツ下ろしっぱなしで、監督である庵野の現実のまんま。島崎藤村か田山花袋もかくやのダダ漏れ状態です。一方で表現や文体はと見れば、異化効果どころかラフ原レイアウトもあり、セルまでひっくり返す徹底ぶりで、正直言って劇場で見た時は仰天しました。

ワタシでもここまではヤらなかった。

「庵野は決してバカではない」どころか、その表現に関する自己批評のありようから察するに、アニメという表現形式への自意識の持ちようは、これは見事なものだと感心した記憶があります。

その一方で、物語に関してはまるで無頓着。まさにステロタイプのオンパレードで、いつかどこかで見たもののコピーの連発。キャラクターが口にする台詞《せりふ》のあれもこれも、決め処《どころ》は全て私生活におけるあれこれの垂れ流し。かくも奇怪な作品がなぜ成立するかといえば要するに表現すべき内実、庵野という人間に固有のモチーフが存在しないからであって、それ以上でもそれ以下でもありません。

「テーマがないことがバレちゃった」という宮さん（宮崎駿氏）の物言いは、その限りにおいて全面的に正しいことになります。

テーマも固有のモチーフも何もないけど、映画も映像表現も大好きで、制作意欲は人並み外れて強烈だとすれば、演出すべきはディテールのみであり、その拠《よ》って立つところはステロタイプだろうが定番だろうがなんでもオッケイ。人物描写に関しても同様で、まるでアムロの如きシンジ君の自閉症ぶりや、父親たるゲンドウとの確執など、感情移入するほどのものでもなし、そもそも監督自身がカケラも信じちゃおりません。

演出能力は抜群だからその気になるでしょうが、騙《だま》されたいと思って見るぶんには十二分に機能しても、表現を成立させるための方便に過ぎないから結末を引き延ばすだけで、落とし所が想定されていないことは明らかですから、これはドラマと呼ぶべきものではありません。SF的な意味での設定は複雑に凝らしてあるものの、世界観は曖昧であり（テーマがないのだから曖昧でしかあり得ない）世界観なしに映画は成立しないから、その内実の無さを文字通り「補完」すべく、作品の作品内における再構築を繰り返すことで、映画としての無内容に代替させる。

『エヴァ』という作品がいくらでも継続できる——永遠に終結させられない、それがほとんど唯一の理由でもあります。

まあ、こう言ってしまえばそれで終わりであり、だからこそ継続して見る意欲を失ったわけなんですけど。なにしろ、その映画の構造が判明した段階で鑑賞するという行為が完結してしまう性分なので。いまさらドラマにもさしたる興味はないとすれば（その通りなのですが）いつも言っているように、あとは巧《うま》いか下手かの差があるだけで、そのことに（観客としては）特に価値観も持たないので。

以上、オシマイ——ではいくらなんでも、なんなのでもう少し書きます。

かくの如く、確たる世界観も物語もなしに、ほとんどディテールの展開のみで映画が成立する理由はといえば、それがアニメという特殊な映像表現だから、という一点に尽きるでしょう。

ひらたく言って、これが実写映画だとしたら、同じことが成立するでしょうか。

まあアメリカ製のテレビドラマ、たとえば『24』のようなダダ漏れの無限シリーズもあるにはありますが、あれはあれでプロットやストーリーに委曲を尽くしているのであって、『エヴァ』の如きとめどなき自然主義で成立する筈もなく、やったとしても観客の忍耐が追いつかないことでしょう。

アニメの何がそれを可能にするのか、といえばそれが庵野自身が百も承知、二百も合点の「記号性」です。実写のキャスティングに比べれば、遥かに思い込みの振り幅の広い、抽象的で複合的なキャラクター、つまり作画と声優の合わせ技による人物造形の為せる業なのです。登場人物が常に制作者の代理人であり、その意思を自在に具現化し得る——翻って観客にとっては自在なレベルでの感情移入を許すというアニメ独特のキャラクターの在りようは、これは代替不能性の高い生身の役者が到底及ぶところのものではありません。

庵野がいつかどこかで語っていた「結局みんなセル画が好きなだけなんだ」という台詞は、この辺の事情を端的に説明しているでしょう。

セル画なればこそ、アニメのキャラクターは観客の様々な欲望を、それぞれのレベルにおいて受容し得るのであり、その思いを阻害することなく、同時に演出者の忠実な代弁者たり得る。

そのことをアニメの申し子ともいうべき世代の監督が知らぬ筈もなく、ましてやアニメ表現にきわめてクールな距離感と自在感を持つ庵野が意図的であることは前述の発言や、「アニメの演出の本質は情報量の制御に尽きる」等の本人による発言からも明らかでしょう。

抽象度の高いアニメだからこそ、自然主義だろうが写実主義だろうが、メタフィクションだろうが何でもござれであり、しかも観客は演出の恣意《しい》を無視して、まさに「欲しいものを手に入れる」ことが可能となるのです。

『春エヴァ』の終映後のトイレで、私と並んで用を足していた高校生は、その連れに対して「なんだか判ンねえけど、綾波が死ななくて良かったぁ」と溜息とともに語りながら放尿しておりました。

あの凄《すさ》まじい脱構築を目撃した直後にして、この感想ありですから、オタクたちの精神構造のタフさたるや推して知るべし。

彼らは欲しいものは、演出の介在など無視してでも必ず手に入れるのです。『エヴァ』に関して言うなら、作り手と受け手の予定調和的な共犯構造が「みんなでシアワセになる」ことを可能にしており、だからこそ庵野の超恣意的演出と観客の欲望充足が共存し得るし、飽きることなく繰り返せるのでしょう。

その意味においても、『エヴァ』という作品は、日本のアニメが生み出した世にも稀《まれ》なる特殊構造の、そのピークとして君臨しているのです。

ブームはいつか去るものですが、この構造は両者が望む限りにおいて不変であり、恐るべき持続力を保持し得るのだ、とそういうことになるのです。

なにしろ監督はテーマもモチーフも、固有のものはなにもないことにとっくに気づいており、求めるものはディテールと表現のみなのですから、倦《う》む飽きるなどということのあろう筈もなく、それが『エヴァ』である限りにおいて、その表現への欲求を半ば無制限に引き延ばし、充足させることが可能なのです。

「もうやめる」という動機が見当たりません。

「もうやめろ」という興行関係者など、もちろんあろう筈もありません。

ましてや、自分自身で製作者も兼ねているのですから、これはもういっそのことアニメである以上に『エヴァ』という名のメディアなのであり、独自のジャンルと呼んでも差し支えないでしょう。

『ヤマト』がそうであり、『ガンダム』がそうであるように。

それは誰がどう制作しようが『ヤマト』が『ヤマト』でありつづけるように、『ガンダム』という文法があるように、確立された特殊世界ではあるのです。

それらが終わる時があるとすれば、その特殊なジャンルに繋がり続けようとする観客たちの欲望が萎える時であり、有り体に言えばオタクたちの経済力が尽きる時だけなのです。

それまでは作り手と受け手の甘やかで、秘めやかな欲望の形式「みんなでシアワセになる」時間が続くのでしょう。

誰に迷惑がかかるでなし。

強いていえば、その制作に携わるアニメーターたちだけが不幸なのかもしれませんが、それとて仕事なのですから。

そういうお前はどうなんだ、と言われる前に先手を打って言っておきます。

私個人としては、その特殊構造内に生きることは、はっきりと表現者としての停滞であると確信しているので、遠慮しておきます。

ブレイクしたことのないあんたにゃ無縁の世界さ、僻《ひが》むんじゃねえ、という声が聞こえてきそうですし、事実そう言われております。

そういうことにしておきましょう。

衆寡敵せず、ですから。

第8回「さいぼぅぐ」（神山健治監督『009 RE:CYBORG』公開）

前回の「えヴぁ」の評判が良かったので、今度は『００９』を、という編集部からのオーダーもあったのですが、聞くところによると３Ｄ版がムーブオーヴァーになったとかで、まだ公開が続いているようです。

もう少し待つことにします。

待つ必要なんてないじゃん、スタジオに行って神山に直接言いたいことを言えばいいのに、という人も周囲にいたりしますが、あえてメルマガに批判を書くのはなぜかといえば（あ、言っちゃった）神山個人に言いたいことがある、という理由以外に、そのことを世間に向かって言いたいという動機も僕の中にあるからであり、つまりそれが明らかに社会的行為だからなのです。

神山という個人に対して文句を言いたい、ということではなく（それもありますが）、作品という神山個人を離れた知的生産物について、あるいはその知的生産物と神山とのカンケイについて言いたいことがあるのであって、言いたいことを言う、という行為には、常にそうした社会的欲求が含まれているからなのです。

こんな判りきったことをなぜ言わなければならないかといえば、この程度のことですら理解していない方が、世の中には存在するからなのです。

前回の「えヴぁ」が評判になったという、その「評判」の中身は何かといえば、要するに物議を呼んだということだろうし、さらに言うなら半分はイカった、アタマにきた、ということであるに決まっています。さらにさらに言うなら、イカった方々のほとんどが全文を読んでおらず――つまりこのメルマガを購読しておらず、その一部を引用したサイトやらニュースやら、呟きやらに反応しているに過ぎないのだ、ということも容易に推察できます。

自分の好きなものを貶《けな》された、ケチをつけられたからイカる、という感情は理解できなくもありません。しかし、それ以前の話として、事実を自分の眼と耳で確かめるという作業すら厭《いと》うて、風聞のみを根拠に感情を公にするという怠惰と、そのことに関する無自覚は理解できない、というより理解を示す必要すらありません。

前回の文章を冷静に読んだとしたなら、それが『ヱヴァQ』という作品にケチをつけたわけでもなく、悪口雑言をならべたわけでもなく、「エヴァという現象」の本質に関する分析を簡潔に述べたものであることが理解できない筈がありません。

「見もしないで批判している」などという反応（反論ではない）もあったと聞いていますが、そもそも冒頭で「シリーズを数本と最初の映画しか見ていない」「にも拘わらずエヴァについて誰よりも語る資格があるという自負を持っている」と敢《あ》えて明記しているのに、それこそ「読みもしないで批判している」のですから論外と言うしかなく、「もう読まない」「購読を中止する」等の反応に至っては問題外。

僕が言いたいことを言い、書きたいことを書く権利を常に留保しているように、読まない、購読しない権利は誰にだってあるのです。本当に購読している読者がそう言っているのなら、お好きにどうぞと言う他にありません。自分で選択したのですから、その結果に関しても自分で責任を取るしかありません。

この類の幼児的な感情の吐露、垂れ流しが蔓延《まんえん》しているから、そして蔓延しやすい構造を抱えているからこそ、ネットはまともな言論空間たり得ないのだ、とは拙著の『コミュニケーションは、要らない』で御案内の通り。

だからこそブログを立ち上げたわけでなく、有料のメルマガを始めたのです。

読むべくして読んでくれる読者だけで充分なのであり、それ以外の方々に向けて言いたい放題に振る舞おうなどとは端《はな》から思ってもいないのですから、そもそも趣旨が全く理解されていない。

「世界の半分を怒らせる」とは、まさにこういうことなのです。

　もちろん「世界の半分」とは控えめな、修辞的な表現なのであって、本当のことを言えば「世界のほとんど」と言ってもいいのですが。

　月々540円という対価は、まともな言論に接したいか、タダなら読み放題書き放題の怠惰な空間に浸っていたいか、それを分かつための、ささやかな根拠として設定されているのです。

　話を戻しますが——公開中の『ヱヴァQ』に関して書きながら、同じく公開中の『009』については控える、というその違いは、そのまま庵野と神山という二人の監督と自分との距離感の違いに起因します。

　庵野に対しては「私ごときが何を言おうが書こうが1ミリの影響力もあるでなし」と書き、その一方で神山に対しては「それが仁義だから」とも書きましたが、なにしろ神山とは師弟関係こそないものの、職場の同僚です。庵野はといえば、かつて我が家でメシも喰い、トイレも使い、壊れかけたテレビを譲ってあげたり、カメラを貸してやったりしたにも拘わらず、DVDのサンプルどころか、試写の招待状も寄越さないような男ですから、こちらもそれなりに振る舞うしかありません。

　それぞれの対応に違いがあって当然でしょう。

まあ、半分は冗談ですが（つまり半分は本気です）。

というわけで、今回は表題にも拘わらず『００９』とは無関係なお話となりました。期待されていた読者の皆さんには申し訳ありませんが、いま少しお待ちください。

勿体《もったい》ぶっているわけでも、迷っているわけでもありません。

書くべき時期が来たら、きっちりと書きます。

いまはただ、神山健治の『００９』は『オンリー・ユー』と同じ陥穽《かんせい》に陥ったのだ、とだけ触れておきます。

んじゃまた。

第9回「せんきょ」（衆院選2012自民党圧勝）

思った通りの結果でした。

民主党のポピュリズムには嫌悪感というより敵意を持っていたのでザマミロの結果でしたが、冷静に考えれば、この極端な結果はこれまたポピュリズムの為せる業ではあります。

今度は政権復帰なった自民党が、その同じポピュリズムの矢面に立つのですから、安倍さんが浮かない顔をするのも無理はありません。

僕がなぜポピュリズムを憎むかといえば、それが民主主義の最もダメな側面であり、いまや日本という国を覆い尽くしている宿痾《しゅくあ》となっているからです。

僕は国政選挙はもちろん、地方選挙でも、一度も投票をしたことがない人間ですが、今回はその理由を書くことにします。

民主主義という理念は、人間がその長いような短いような歴史過程で、ようやく見出した理念であり、考え得る限りにおいて最も真っ当なものとされています。そのことに関して、とりたてて異議を唱えるつもりもありません。

ただ理念として真っ当であっても、それが現実に可能であるか否かは別の問題であり、とりあえずお題目を唱えていれば、それで世界が平和になるわけでも、最大多数の最大幸福とやらが実現するものでもありません。

たとえば民主主義の総本山たるフランスは、その民主主義の理念によって国民国家となりましたが、その当然の帰結として生まれた徴兵制によって兵士の供給は無尽蔵（当時としては）となり、総力戦という新たな戦争の形態を生み出し、戦死者の数を二桁変えました。まさに民主主義によって、戦争は百万単位の戦死者を生み出す殺戮マシンへ変貌を遂げたわけですから、世界を平和にするどころの騒ぎじゃありませんし、人類史上最大のメガデスという不幸を作り出したことになります。

戦争の規模という点に関していうなら、民主主義成立以前の「君主の戦争」などは至極のどかなものであり、せいぜいが万単位でプロの兵士たちが死んでいただけですから、なんぼかマシと言えないこともありません。

当たり前のことですが、「民主主義」と「民主制」、あるいは「議会制民主主義」は全くの別物です。「民主制」は「民主主義」を実現するための政治制度のことであり、それが民主主義を実現するための唯一の方法であるか否かについては、結論を留保する余地があります。

まして「議会制民主主義」という制度は、それ自体が言ってみれば現実の統治技術や国家の規模といかに折り合いをつけるか、いわば次善として選択された制度であって、本来が妥協の産物ですから、絶対的なものであるわけがありません。

今回の選挙でもあからさまになったように、選挙区で落っこちた筈の元総理大臣が、比例代表制で復活するなどという、選挙民の感覚でいえばサギ同然の現象が起こること自体が、制度としての完成度に問題があることの証明でもあります。

いったい選挙民の意思が制度によって覆される、などということが許されるなら、それは明らかに制度が理念を裏切っているのであって、民主主義が機能しているとは言い難い筈です。それ以前の問題として、小選挙区だの比例代表制だの、あれこれといぢくり回すことで、特定の政党が有利になったり不利になったりするのだとするなら（事実、その通りなのですが）手段としての選挙制度なるものに、根本的に問題があるのだとしか言いようがありません。

理想論はそれとして、次善を追求するのが政治であり、現実的な態度なのだと言いたい方もいるでしょうが、いま少しお待ちください。

僕が言いたいのは理想ではなく、原則であり、本質なのです。

原則論も本質論もうんざりだ、と言う方もいるでしょうが（なぜか僕の周囲にはそういう人間が山ほどいるのですが）その類の人間がふりかざす「現実的」なるものがいかに「現実」からかけ離れているかは、後でまた触れます。

「選挙」という制度は、要するに複数の選択肢を提示して、その中から何を選択するかという方法、ということになりますが、そもそもその「選択肢」なるものが不適切なものだとするなら、選択することに意味などあるわけがありません。

今回の選挙に即して言うなら、民主党か自民党か、それとも正体不明の第三極か、それもイヤならどこが違うのかすら判らない（名前も覚えられない）新党か、死んだも同然の社民党や共産党か、などと提示されても選びようもなければ、選び甲斐もないとしか言いようがありません。

「民主党」は要するに「ダメな自民党」に過ぎないのであって、その「自民党」も前回はダメが出ているし「もっぺんやらせてみる」値打ちがあるかどうか疑わしい。第三極なるものも野合の産物であることは一目瞭然であり、そもそも政党としての態を成していないとするなら、一見すると選択肢が増えたように見えて、実は選択肢そのものが与えられていないのですから、これは夜店のイカサマ博打のようなものです。

二大政党制こそが議会制民主主義のもっとも理想的な形態である、という説もありますが、二大政党制なるものは選挙以前に議論を尽くし、選択肢を明快にすることでのみ成立するものです。昨今の日本国においては、その議論なるものが忌避されているとしか思えず、あるものといえば「気分」だけなのですから、二大政党などと言っても結果としての数の問題に過ぎません。

極論するなら現在の日本には「ポピュリズム」という理念を掲げた政党がひとつあるだけなのですから、可能な選択はそれを受け入れるか拒否するかしかないことになります。投票率が最低だったのも無理はありません。

それにしてもスローガンばかりで、言葉の大安売りでしたね、今回の選挙は。

争点のひとつである原発に関しても「反原発」「脱原発」挙句の果ては「卒原発」ですから、言葉の軽いこと限りなし。「五年以内に廃絶」だの「いや十年後に廃炉」だの、いったいどういう根拠でものを言ってるのか、馬鹿にするのもいい加減にしろ状態でしたね。

ここまでくるとポピュリズム以前に、選挙民をナメているとしか思えない。「気分」だけで言葉を扱う手合いに国政を預けるなんて、まさに悪夢です。

そろそろかったるく、遣る瀬なくなってきたでしょう。

結論から言うなら、選挙というものは選択肢を絞り込むための本質的な議論、政策だけでなく、理念を含む議論が大前提なのであって、それなくして選択しろと言われても、そもそも「選択すべき選択肢」そのものがないのだから、選択という行為が成立しません。

繰り返しますが、夜店の博打の如きイカサマであって、誰も得をしないという意味では博打にすらなっていません。

そんなものにつき合う義理はない——というのが僕の選択であり、戦後の民主主義なるものの実態は一貫して変わらないのですから、戦後生まれの僕としては、その種のイカサマに関わる気はないというのが本音です。

そしてその戦後の民主主義を規定している総本山が、平和憲法という名の「マック憲法」という戦後最大のイカサマなのですから、これを明確に否定する勢力が現れない限り、僕が投票所に行くこともないでしょう。

その点で言うなら、「改憲」と「国防軍」という言葉をようやく公にした安倍サンには、ちょっとだけ期待してます。

あくまで、ちょっとだけですが。

派閥やら官僚やらとの闘争に勝ち残れるかどうか、ビミョーですから。

「現実的な行動」なるものを唱え「次善」を追求する態度を良しとする方たちは、現状においては「棄権」という行動こそが最も「現実的」な選択であることを理解しておられない——理解する気がないのです。「棄権」を許さないとする態度は、それこそ方法としての「民主制」のみを信奉し、理念としての「民主主義」を蔑《ないがし》ろにしているという意味で「反民主主義」的であり、どこぞの独裁国家における選挙と大差ありません。

お判りでしょうか。

最後になりましたが、今年もよろしく、と年頭の挨拶を記しておきます。ときに論証抜きで極論を並べたてるメルマガですが、今年も言いたいことだけを書き連ねていきます。読みたい方だけお読みください。

第10回「たいばつ」（桜宮高校体罰自殺事件）

また体罰で、今回は自殺者も出ました。

「いぢめ」もそうなのですが、この類の事件が話題になる度に思うことがあるので、そのことについて書くことにします。

あらかじめ言っておきますが、この文章は今回の体罰事件を語ることが目的ではないので、そのつもりで読んでください。

体罰が話題になる（事件として報道される）と、四十歳以上の人間が真っ先に示す反応は以下の通りです。「オレたちの頃は体罰が当たり前だった」「いや体罰の嵐だった」という思い出話から始まり、「それがなぜ問題になるのか」という話になり、「そうは言っても体罰は良くない」という反論の余地のない話になって、「いまは時代が違うから」という結論に至り、「いまの先生たちはタイヘンだよな」という感想で終わります。

これは謂《い》わばひと連なりの反応であり、この類の事件に対して自動的に展開する言説の典型でもあります。感想から始まって予定調和的な議論を経て、落ち着くべきところに無難に着地するための儀式に過ぎません。飲み屋の世間話ならそれでも良いのかもしれませんが、真面目に論じるとするなら、それでいい筈がない。

この一連の言説の流れのどこで、踏み留まるのか？

そこから感想以上の、「論じる」という行為が始まります。

そして、どの部分で踏み留まるのかによって、議論は幾つかの分岐を辿《たど》ることになる筈です。とりあえず、思い出話はどうでもよろしい。

かつては当たり前のように横行していた「体罰」が「なぜいまは社会問題になるのか」という部分で踏み留まるとするなら、そこから話は変わる筈です。

一足飛びに「体罰はよくない」へ移行したのでは、結論まで一直線であり、その時点で議論の余地はなくなります。それは「暴力はよくない」「戦争はよくない」という、一見すると反論の余地のない主張が、全ての議論を強引に収束させてしまう仕掛けと同じです。はたして本当に「暴力はよくない」のか、全ての「戦争はよくない」から否定されるべきなのでしょうか？

では現に進行中の暴力犯罪を阻止するための、法執行官による暴力もまた否定されるべきであり、予想される戦争を回避するための国連の軍事介入も悪なのか——そういったレベルなら可能な議論が、なぜ日常レベルの「体罰」や「いぢめ」では成立しないのでしょうか。

身近な事件ほど人は語り難いものです。

当事者への同情や思い遣りは無視されるべきではない。しかし、そのことから直ちに結論を導き出すとするなら、そもそも語ることも論じることもできません。

あらかじめ結論が出ている議論はすでに議論ではないし、結論から出発する議論はただ納得するための儀式に過ぎません。

結果として言葉は果てしなく便宜的で軽いものとなり、回りまわって、その重さを失った言葉が議論そのものを、考えるという行為自体を不可能にしてゆくことにもなります。

「体罰」という言葉を「罰」という意味合いから解釈するなら、それはある種の正義の行使であり、「教育」や「教化」「馴致《じゅんち》」といった目的のための正当な手段と受け取れますが、一方で「肉体に与える暴力」と捉えるならば、それは許容されるべくもない「悪」であり、正義とは相容《あいい》れない行為ということになります。

言葉はそれをどう解釈するのか、どう定義してゆくのかという過程を抜きに用いるなら、物事を語るための手段ではなく、逆にそれ自身が、語られるべき事柄のグレイゾーンを果てしもなく増幅する装置へと転落してゆくことになるでしょう。

前回も触れた「反原発」「脱原発」「卒原発」といった言葉の無節操な濫発が、議論を本質から逸《そ》らしてゆく機能しか果たしていないことと同じです。

そろそろ面倒臭くなってきたでしょうが、「語る」「論じる」という行為は、本来がこの面倒臭さを整理し、筋道をつけるための行為以上のものではないのです。

もう少し我慢してつき合ってください。

てっとり早く、とりあえず物事を納得させるために用いられる言葉は、結局のところ何の役にもたたないだけでなく、むしろ物事を語り難くするという意味において悪質ですらあります。

メディアが日常的に大量に垂れ流している言葉や、政治家の無責任なスローガンがその典型です。その種の言葉を疑問も持たずに用いるなら、それは語ることを困難にするだけでなく、ついには語るべき現実そのものを見失うことにもなります。

いまこの国を覆っている、決定的とも思える閉塞感や絶望感、出口の見えない不安や、当て所の無さといった気分も、実はそれ自身を的確に語れない、語り難いという歯痒《はがゆ》さに由来しているとしか思えません。

そしてその歯痒さの元凶が、「とりあえず納得するための」「便宜的な」言葉の濫用にあることは間違いありません。

物事を的確に語ることに、近道も抜け道もありません。

理解し難いことを拒否し、それをいともたやすく否定している限り、この歯痒さから逃れることはできません。

ただ目新しいスローガンに飛びつき、その無内容な言葉に振り回され、最終的には自分が現実の当事者であることすら困難であるという、奇怪な状況に陥ることになるだけです。

とりあえずの結論を求めるという、その欲求を抑えて「踏み留まる」ことからしか、選ぶべき分岐を見出すことはできません。

そして自動的に連なる言説の、ひと連なりの過程の、どのレベルで踏み留まるのかは、自分で決めるしかないのです。

ちょっと待て、というのが、ほとんど唯一の合言葉であり、スローガンです。

体罰事件を語ることが目的ではない、と冒頭に書きましたが、せっかくの機会なので、そのことについても少しだけ触れておきます。

なぜ彼は自殺しなければならなかったのか？

それが考えるべき唯一の事柄です。

メディアが執拗《しつよう》に語ろうとしている事実関係だの、責任問題だのは、それこそ残された当事者の問題であるに過ぎません。

死ぬか生きるかという選択肢以外に、なぜ彼は他の選択肢を持てなかったのでしょうか？

学校と家庭という制約された世界以外に、親や友人や教師という限定された人間関係以外に、なぜ選択肢を持てなかったのでしょうか？

必要なのは常に「選ぶべき選択肢を持つ」ことであり、その選択肢を生み出す努力だった筈です。努力といっても、それほど御大層なことでも、苦しいものでもありません。

むしろその逆に、いかに苦しまずに生きるか――自分が生きる現実を回避し、もう一人の自分を想像することだけで、おのずと異なる選択肢は生まれてくる筈なのです。

選択肢は、現実という制約された世界以外にも常に存在します。

そしてその選択肢の向こうには、さらなる選択肢が現れる筈なのです。

それを選ぶことができなかった、あるいは選ばせなかった環境こそが、体罰以上に彼を苦しめたのではないかと、そう思えてなりません。

ちなみに、僕は小学生の時に担任からストーブの薪《まき》で殴られる、という信じ難い体罰を受けましたが、その理由は全く覚えていません。

殴られたショックで忘れたのかもしれません。

第11回「あるじぇりあ」（アルジェリア人質拘束テロ事件）

この時代でもアフリカは遠い世界なのでしょうか。

連日の報道でもさっぱり事情が判らず、おそらく首相官邸でも家庭でも、情報の絶対量は変わらないのでしょう――と推測できるところが情けない。

あんなヤバい場所で日本人技術者が働いてるのに、避難勧告の出ている北アフリカ地区に駐在武官（自衛官）がたった二人だそうです。

アルジェリアに一人でも駐在武官がいたら、軍人は軍人同士で現場の情報を、外交ルートより早く入手できたのかもしれません。それが仕事でもあるのですから。

危機管理という言葉は、この国にはないのかもしれません。

アルジェリア軍の突入作戦とは、いったいどんなものだったのでしょうか。

テレビを見ながら、知りたかったのはそのことでした。

先日、そのスジの方にお会いした時に訊いてみたところ、よくは判らないんですけどね、と前置きしてから語ってくれました。

「作戦も何も、飛び出してくる奴は人間だろうが車輛だろうが、撃ちまくるだけだったみたいですね」

「ヘリは旧宗主国のフランス製？」

「社会主義国だったから、ソ連製のMi－8かなんかでしょう」

「人質の乗ってる車をヘリで！」

「(面制圧用の) ロケット弾じゃなくて、ピンポイントで狙える対戦車ミサイルらしいですね」

「遺体を指輪の裏の名前で特定したってのは、つまり……」

「まあ、本来は装甲車輛に対して使うもんですから」

どうも凄惨《せいさん》な様相だったようです。

テロリストがほとんど射殺されていたのも、ペルー大使館の時と同じです。

報道が「突入」と形容しているから「人質奪回作戦」を連想しますが、要するに「人質」でなく「施設」を確保するための「強襲作戦」だったことが窺い知れます。

施設のコアを破壊されると一年は操業を再開できなくて、政府側はそれを最も恐れているらしい、という話もありましたから、そういうことなのでしょう。

アルジェリア軍からすれば、敷地は広いし、内部情報を知る手段もないし、早急な解決を目指すとすれば、力押しの強襲以外に選択肢がなかったのかもしれません。

それにしても、です。

「人命優先」とか「人権」とかが通用しない国で、その信用できない政府の保護だけを頼りに働いていたというのは、考えるまでもなく、実に恐るべきことの筈です。

そのことの持つ意味を、企業や政府は、そして本人や家族たちはどのように認識していたのでしょうか。

報道には「企業戦士」という言葉も出ていましたが、「戦士」どころか「兵士」だって、もっとマシな支援を受けて戦うものです。どこぞの隣国のように、軍隊からコックに至るまで同伴して、というのもどうかと思いますが、これでは「鉄砲玉」に等しい扱いです。

テレビを見ていると「こんなことになるとは夢にも思わなかった」という言葉も出ていましたが、当人たちは「こんなこと」をチラとも考えなかった筈はありません。

それでも仕事だから行く、というのが日本人なのだとすれば、それはつまり現在の日本には「職業倫理」以上のモラルはないということになるのでしょう。

国家や企業に「危機管理」という観念がないのなら、日本人は個人のレベルで自分や家族の危機管理を行うしかありません。

『バベル』という映画のエピソードを思い出します。

モロッコを旅行中の倦怠期《けんたいき》のアメリカ人夫妻の物語です。

妻役ケイト・ブランシェットが、現地の少年の放った小銃弾に倒れ、夫役のブラッド・ピットはとんでもない田舎町で電話を探しまわり、大使館に電話が繋がるや、直ちに舞い降りてくるのが米軍差し回しのヘリなのです。

ブラピは政府の要人でもなければ、大富豪でもありません。アメリカは海外にあって、それが平凡な一市民であったとしても、その生命が危機に晒されれば、直ちに軍を動かしヘリを飛ばし、安全圏へと運び去る。

まあ、本当にそうなのかどうかは別としても、少なくとも、映画はそれを当然のこととして描いています。

あのヘリを日本人はいつになったら持てるのでしょうか。

僕もまた政府要人でもなければ、富豪でもないけれど、海外で人質にされた時には、自分を家族のもとへ連れ帰ってくれる、あのヘリを夢想するでしょう。

国際法規を無視してでも、突入してくる——日本人の生命がどれほど高価であるかを、世界に知らしめてくれる『オメガ7』（小林源文）が欲しい。隣国に拉致《らち》された同胞を、力尽くで奪還してくれる政府が欲しい。

その政府の、国家のためだったら、愚痴ひとつこぼさずに税金も払うし、なんなら予備役の訓練だって受けるでしょう。

必要なのは整列して頭《こうべ》を垂れる空港職員でも、弔意を示す喪服姿の役人でもありません。もちろん遺憾の意を表明する首相でもありません。

たった一機のヘリであり、それを送り込む意思なのです。

現実には死体となって数日が経過し、安全が確認されてから、ようやく到着するのが日本の飛行機なのです。殺戮された日本人の頭上を舞っていたのが、情け無用の旧ソ連製のヘリのみだったことを思うと、無念と言うしかありません。

繰り返しますが、国家や企業に「危機管理」という観念がないのなら、日本人は個人のレベルで自分や家族の危機管理を心掛けるしかない。

そして、その意識を積み上げることによってしか、この国に危機管理という言葉を思い出させる方法はないのでしょう。自分と自分の大事な者たちの命は、自分で守るしかないし、その覚悟があってこそ、舞い降りるヘリを国に要求できるのです。

と、ここまで書いたところで、ラジオのニュースが聞こえてきました。

日本政府はアフリカにおけるテロ対策に向けて、１０９億円を拠出することに決めたのだそうです。関係各国の中で最高の金額だそうです。これは日本の得意とする人道支援の分野における貢献であり、貧困の撲滅によってしかテロを防止することはできないのだそうです。

貧困がなくなったって、テロは頻発します。

単価は知りませんが、109億円はしないであろう、一機のヘリを送ることが大事なのです。その意思を持つことが何より重要なのです。

十人の日本人がアフリカで殺戮されて、結局カネで総括するのだとしたら、また異国のどこかで日本人がテロの標的になることでしょう。

なんだか書くのがイヤになってきました。

読んでいてイヤな気分になったら、ごめんなさい。

第12回「じゅうどぉ」（女子柔道強化選手セクハラ暴行事件）

女子柔道の強化選手に対する体罰やパワハラ（セクハラ？）問題で、にわかに騒がしくなってきた日本の柔道界です。

全柔連（全日本柔道連盟）の前近代的体質がガンだとか、惨敗した代表監督が責任も取らずに留任してるのはどうよとか、監督に詰め腹切らせて事態収拾を図る役員たちって何よとか、とにかくロンドンでの「感動のメダル」から一転してボロクソです。マスコミの掌《てのひら》を返すような変節ぶりは、これはいつものことですから措くとして、事の本質は例によって「順番通りに物事を考える」ことによってしか見えてきません。

そもそも、なぜこういう事態を招いたのかといえば、現在の柔道界が「金メダル」以外に目標を持てないことに根本的な原因があります。

なにがなんでも金メダルです。

そのための猛稽古であり、体罰であり、怪我人でもポイントを稼ぐために試合に出ろであり、ド根性を見せてみろであり――程度の差はあれ、選手から監督、役員に至るまで、その目的意識は実は一致しております。

やり方が悪いんじゃないのとか、ものには限度があるだろ、というような話ではなく、そもそも柔道なるものは、試合に勝って一等賞になったり、世界最強を目指すためにやるもんなの、というのが今回のお話です。

柔道が武道なのかスポーツなのか、という議論もとりあえずスルーして、その目指すところが「世界最強」や「金メダル」であるとは、どんな柔道家でも言いますまい。

心技一体、心と技を鍛え、練るためにこそ柔道はあるのである。

「他人に勝つより自分に勝て」と故・村田英雄さんも歌っていましたが、柔道に限らず、剣道や空手から高校野球に至るまで、武道だろうがスポーツだろうが、およそ指導者なら誰しも同じ言葉を口にします。

がしかし、それがタテマエであるに過ぎず、本音は「他人に勝って」「栄誉を手に入れる」ことが最終テーマになっていることは、オリンピック中継を冷静に眺めるだけでも周知の事実、スポコン漫画のテーマが「勇気友情勝利」であるのは御案内の通りです。

「他人に勝つより自分に勝て」が、いかにして「他人に勝って栄誉を得よ」に変わったのか。

それを知るには、柔道なるものがいかにして成立したのかを知らなければなりません。

何を迂遠《うえん》な、と思われるでしょうが――繰り返しますが、物事の本質を知るためには「順番通りに考える」しかないのです。

多少なりとも武道に興味のある方なら、近代柔道なるものが「柔術」あるいは「やはら」と呼ばれた格闘技にその起源を持つことはご承知でしょう。

ではその「柔術」「やはら」なるものはいかなるものだったのか。

争乱の時代をタフに生き抜いた武士たちが、取っ組み合いで命の遣り取りをしよう、などと考えるわけがありません。剣や槍《やり》を振り回し、可能なら遠目から矢を射て相手を倒すに勝るはない。自分の身の安全を可能な限り確保し、相手に能《あた》う限りのリスクを負わせるのが闘争の本質ですから、これは当たり前の話です。

理想を言うなら遠距離狙撃でワンショット・ワンキル、精密誘導ミサイルで百叩《たた》き。狙撃銃もトマホークもなかった時代ですから、敵の後ろに忍び寄って槍でブスリが最高であり「安全・安価・有利」です。名乗りを上げて一騎打ちなんてのは、もちろん講談師が張扇で叩き出した虚構に過ぎません。

がしかし、ここで終わったのでは本当のリアルには到達しません。自分が思うことは敵も思うし、人間の知恵は大同小異ですから、簡単に背後をとれるわけもなく、矢は尽きて刀が折れることもある。

徒手空拳になったその時にいかに戦うか、その「最悪事態」を想像し、これに備えたればこそ彼らはタフに戦国の世を生き抜くことができたのです。

ここからが「柔術」「やはら」の出番です。甲冑具足《かっちゅうぐそく》で身を固めてますから、転がったら一巻の終わり。立ち技が全てであり、寝技に持ち込むのは圧倒的優勢下にトドメを刺すときだけです。「袈裟固《けさがた》め」なんてのは、間違いなく敵の首を掻き切る形を現在に留める技でしょう。生きるか死ぬか、殺すか殺されるかですから、「ノンルールでガチ、暗器だろうがセン抜きだろうがなんでもあり」です。打撃や関節技に特化した凶悪な「殺し技」「殺しのテクニック」であったろうことは想像に難くありません。

時移り、戦乱の世が去れば、こんなヤバい格闘技は学ぶものもなく、忘れ去られて当然であり、剣術だろうが柔術だろうが、あらゆる格闘技は「型」による体系化と「精神性」によって付加価値をつけて生き延びるしかありません。

べつに生き延びなくったって誰も困らないのですが、いつかまた「殺しのテク」が役に立つ日が来るかもしれない、世の中がどうあれオレは他人より強くなりたいのダ、と考える人間は常に少数ながらいるものです。

柔道の創始者たちもまた、そういった人たちだったのでしょう。

しかし時まさに維新の時代ですから、ただの「殺しのテク」では近代国家に相応しくないし、柔術家たちがそうであったように滅び去るしかない、と彼らは考えた（でしょう）。これを世に普及させるために、ケガ人続出必至の危険極まりない技はこれを省き、立ち技・寝技・関節技・絞め技等に分類整理して体系化し、稽古のシステムも洗練させました。

都合のいいことに、創始者である嘉納治五郎は東大出身でしたので、官界にもコネクションがあり、柔道は一気に普及することとなった次第です。「柔術」を洗練し、淘汰《とうた》したから、より強力になったというわけじゃありません。もちろん天覧試合で柔術一派に圧勝したからでもありません。

で、キモはここからですが、危険な技を省いたことで誰でも学べるようにはなったものの、その反面として自分が強くなったかどうかは、素人目には判然とし難くなります。

技を修める者たちに達成感を与え、目的意識を持たせるために生み出されたのが、つまり「段位」と「試合」なのです。柔道はその初期から、創始者が高学歴であった事情もあり、大学を中心に普及しましたが、なにしろ彼らは四年間しか大学に在籍しないし、その期間に一定の成果を得たいので「試合」は常態化し、「競技のための稽古」がたちまち日常化したという次第。ここから「競技のための柔道」つまり「金メダル」へは、文字通りの一本道です。

もちろん、そうは言いながらも稽古で省かれた危険技、「殺しのテク」全てが消滅したわけではなく、人間的に信頼できる（悪用の恐れのない）ごく少数の弟子たちには、「隠し技」「秘伝」として伝授されていたそうです。

空手には「道場に奥義なし」という言葉がありますが、これはつまり道場の稽古では技の本質は伝えず、信頼の篤《あつ》い内弟子だけに機会を捉えてこれを伝える、という空手の伝統を指しています。なにしろ「殺しのテク」ですから、月謝を払うだけの、どこの馬の骨とも判らぬ連中にホイホイ教えようものならキケン極まりないですから。

柔道の「秘伝」が現在どうなっているのかは、寡聞《かぶん》にして存じません。

ちなみに、僕が高校の柔道部員として参加した強化合宿では、指導にきた先輩から「タップをさせない関節技」とか「確実にオトす絞め技」とか「審判にバレない反則の仕方」の類を教えて貰いましたけど。

お話を戻します。

近代柔道はその出発点において、その普及の代償として「競技優先」の道を歩まざるを得ず、現在の二重価値「他人に勝つより自分に勝て」と「他人に勝って栄誉を得よ」のアンビバレントに引き裂かれていた、ということになります。

その引き継がれた二重価値の歴史の果てに、現在の「暴力問題」もあるのですから、ことは全柔連がどうの、強化制度がこうの、という話で済む筈がありませんし、誰が責任をとるということでもありません。

問われるべきは「柔道」がいかなる道を歩むべきなのか、その本質をどこに見据えるのか、という歴史的な課題なのであって、それ以外にありません。

ここまで世界的に普及したスポーツになったのだから、成立の歴史的経緯は措いて、不定期に変更されるレギュレイション下に、競技スポーツとしての道を邁進《まいしん》し、その集大成として「金メダル」を目指すのだ、というのならそれもいいでしょう。

がしかし、だとするなら「他人に勝つより」の価値観は直ちに捨て去るべきです。「暴力問題」も、要はスポーツ科学から導き出された訓練法からの逸脱か否か、という方法論の問題として語るべきものに過ぎません。

「金メダル」を目指すという最終テーマを共有するのなら、「勝つための稽古」に徹するべきなのであって、「綺麗に一本勝ち」の美意識は無用です。勝つためのあらゆる準備を怠りなく実行した者の頭上にのみ「勝利」は輝くのですから。

その先例は、かつての国際大会におけるフランス柔道にあります。

まあ、きったない柔道でしたけど(怒)。

「綺麗に一本勝ち」と「金メダル」、あるいは「武道」と「競技」は両立しません。

当たり前の話です。

中継のアナウンサーや解説の柔道家が何をどう言おうと、カンケイありません。「武道としての柔道」を追求しつつ、金メダルも取れなんてことは、姿三四郎にだって不可能です。僕の見解としては、全柔連は直ちに国際柔道連盟を脱退し、「ＪＵＤＯ」を捨てて「柔術」「やはら」の道へ帰って戴きたいと思います。ことのついでに全柔連が解散してもよろしい。フランス柔道みたいな「汚らしい柔道」に堕《お》ちてまで、「金メダル」を欲しがるべきではありません。フランスはもちろん、韓国や中国も大喜びするでしょうが、放っておけばよろしい。

武道としての孤高の道を歩むべきです。

その方が「金メダル」なんぞより、なんぼかカッコいい。

いつか役に立つ日が来る――その想いを信じるなら、それは現在の近代柔道ではなくて「殺し技」としての「柔術」「やはら」にある筈です。

もちろん危険な技の体系ですから、子供なんぞが学ぶべきものであるわけもなく、潜在的な敵である外国人にも伝授すべきではないでしょう。なんでもかんでも国際化したがることは、本来のテーマが喪《うしな》われた証拠に過ぎません。

その過程での稽古による「暴力問題」は、師弟間の合意の問題であり、社会問題として語るべきスジ合いのものじゃありません。なんぼなんでも、ここまで理不尽な師匠にはついていけない、というのであれば辞める、脱走するだけの話です。

まあ、簡単に辞めさせてくれるかどうか知りませんけど。

ちなみに、僕が通う空手の道場には「試合」も「試割り」もありません。

「試合」は結果として修業の道を迂遠にするからです。

型稽古を中心に技を練る——自分の身体をいかに制御するか、技とインナーマッスルを鍛えることをテーマに稽古をする場です。

師の言葉を借りるなら「格闘技でも武道でもない、伝統芸能としての空手」「文化としての空手」なのですが「結構使える文化」でもあります。

それでも時に自由組手は行いますが、防具は拳を守るためのサポーターのみです。

自分に固有の「間合い」を体得するためには「生きた相手」が必要ですから。

防具を着けると人間は大胆になり、無用に飛び込んだり、突きが深くなったりして「邪《よこしま》」になりますから。

「あ、ゴメン」の顔面強打、大出血も時にはありますが、それは仕方がありません。僕も（未熟なので）指のスジを三回切りましたが、その度に再生しております。

人間のカラダって、たいしたもんです。

現在は塾生の募集はしておりませんので、オレもやってみようと思われる方は他所の道場へどうぞ。そこが「暴力の溢《あふ》れる理不尽な世界」であるかどうかは知りませんが。悪しからず。

第13回「おすかぁ」（アカデミー賞）

いつの間にか決まってました「アカデミー賞」。

『アルゴ』も『ライフ・オブ・パイ』も見てません。

見る機会はあったのですが、例によって「一年後にスタチャンでいいや」と思い直し、飲みに行ってしまいました。助監督のカネコなら「見てから飲みに行くべきだ」と言うでしょうが、だからヤツはダメなのです。

それにしても、そろそろアカデミー賞でもないだろう、と誰も言わないのはなぜなのでしょう。かつて戦後日本のお祭り騒ぎだった「オリンピック」がいまや国民的イベントから滑り落ち、視聴率もままならず、アナウンサーと織田裕二だけがコーフンしてる世界に落ちぶれているのに、なぜ異国の映画賞の行方が気になるのか。

確かにある時代までのアメリカ映画は世界標準だったかもしれませんが、いまどきハリウッドが「パラダイス」だなんて井上陽水でも歌わないでしょう。

「メイク アップ シャドウ」……いい曲ですけどね。

いや、騒いでいるのはテレビやネットの映画サイトだけで、実を言えば「アカデミー賞」がどうだろうとカンケイない、と思ってるのが日本の観客の実相でしょう。

だってハリウッド映画、日本でだけはヒットしない——世界中でヒットしたハリウッド大作が、なぜか日本でのみ当たらない、というのが配給会社の悩みのタネなんですから、『海猿』や『テルマエ・ロマエ』で劇場に足を運ぶ日本の観客が、いまさらアカデミー賞で一喜一憂する筈もありません。

かくあってはならじ、とムリにも盛り上げようとすれば織田裕二です。

あれは見ていて実に恥ずかしい。

何か勘違いしているとしか思えません。

それにオリンピックだって、ワールドカップだって、日本選手や代表が出場してナンボなのであって、参加すらしてないアカデミー賞じゃ盛り上がれと言う方がムリというものです。

まあ、だからと言って日本のアカデミー賞で盛り上がれるかと言えば、死んだ伴淳三郎じゃありませんが「あんな恥ずかしい思いはしたことがない」という有り様ですから、それ以前のお話です。

と、ここまで書いて想像するのですが、実は当のアメリカではどうなのかと言えば、これもまた織田裕二状態なのではないでしょうか。

オバマがホワイトハウスから中継で作品賞を発表というサプライズも、裏を返せばそうまでしなけりゃ盛り上がらない状況だと言えなくもないような気がします。

「オバマ＝織田裕二」説は説得力がありそうな気がしてきました。

あんまり茶化すと「怒らせる」どころか「恨みをかう」ことになりそうなのでやめますが、もはや映画の評価をナントカ賞で代替させようとする制度それ自体にムリがあるような気がするのです。

カンヌもヴェネチアも、パルムドールだろうと金の獅子だろうと同じことです。個々の作品や制作者を顕彰することが、その年の映画を総括する行為たり得ない時代になったのではないでしょうか。映画関係者はそう思わないでしょうが。

僕も映画関係者には違いありませんが、そう思うのです。

興行成績というあからさまな評価でなく、その年の映画を文化的に総括するという行為を、映画祭も映画賞も、雑誌のベストテンすらすでに満たしてはいない。

その理由は何かといえば、文化領域において映画が占めていた影響力が世界的に後退したからだ、と考える他にないでしょう。

映画がなくても困らない、とは誰も思わないでしょうが、かつてのように映画に熱狂しなければならない謂《いわ》れもない。映画はすでにして、当然のようにそこにあるものなのであって、ハレの日のメインイベントではなくなっているのですから。

考えてみれば当たり前の話です。

劇場を訪れるしかなかった時代とは違います。あらゆるメディアを通じて、映画に接しない日など、ただの一日もない時代に、映画だけが別格である筈もありません。その気になれば複数の映画チャンネルで365日24時間で映画が流れ、街を歩けばレンタル屋、飛行機の中でも見放題なのですから、もはやそれは環境の一部であるに等しい。

量は質に転化することもなく、ただ単純に過飽和状態を招いたとしても、何の不思議もありません。

ファストフードからレストランまで、形態と質の違いはあれ食事するという行為が日常であるように、映画を見るという行為も日常そのものと化しています。あれはマズいがこれはウマい、あの店よりこちらの店という格差はあっても、拍手しなければならない謂れは、とりあえず客にはありませんから。

身も蓋もない言い方をするなら、そういうことになります。

それを寂しいと思うのは、映画に思い入れのある関係者の感傷に過ぎないのでしょう。

近い将来に映画が消滅するわけでもないのですから、落胆するほどのことじゃありません。

かくあってはならじ、とリキむ必要もありません。

どうでもいい人たちにとっては、当たり前のお話です。

ところで僕はオスカーなるものを手にしたことがあります。

もちろん全米アカデミー協会から貰ったわけではなく、スタジオジブリに遊びに行った時に、鈴木敏夫の部屋に飾ってあったものを手にしただけです。

「意外に重たいもンなんだ」

「まあ、ね」と鈴木敏夫が余裕をかまして眺めています。

おおっ……と、落っことす真似《まね》をしたら慌てふためいていました。

知り合いの造形屋さんに偽物を作って貰い、あらかじめ掏《す》り替えておいて、目の前でその首を手刀で叩き落としたらどんな顔をするか——目下のところ、一番やってみたい冗談です。

激怒するでしょうが、だからこそやってみたひ。

第14回「じぱんぐ」（押井守監督カナダ渡航）

日本を離れてはるばる来たぜカナダの★★です。

十日ほどが経過して、ふと気がついたことといえば、日本のニュースが全く入って来ないことでしょうか。もちろんネットで（たま〜に）ニュースを読んだりしますが、仕事して街を歩いてアパートで暮らして、日本の現在に触れる機会はまず皆無と言ってよろしい。目につく日本語といえば寿司屋の看板くらいなものです。

実はカナダは和食ブームで、ワンブロックに一軒くらいは寿司屋か和食のお店があるし、日本の食材を扱うスーパーもあるのですが、日本語を読む機会は全くと言って良いほどありません。

和食やアニメには興味があっても、現在の日本に何が起こっているのか、どんな問題を抱えているのか――日本人は何を考えているのか、そのことに注意を喚起するものはなにひとつないと言ってよろしい。

テレビで日本のニュースが流れることもないし、NHK海外放送のチャンネルもなさそうです（もしかしたらケーブルテレビでは流れているのかもしれませんが、宿泊しているアパートには地上波以外は入らないので、判然としません）。

少なくとも、一般的な市民生活をする人間にとっては、極東の島国に何の興味もないことは明らかです。

まあ、日本人にしたところで、アメリカはともかくカナダの現在に興味を持つ人がどれほどいるのか、お互いさまだと言えないこともありませんが、日本という国にとって、日本という国と国民に責任を持つ人々にとって、それでホントにいいんかい、というお話です。

自分が思うほど、他人や世間は自分のことに興味なんか持たないものです。

日本人が思うほど、世界は日本のことなんか気にかけてくれやしない。

世界とつき合う努力などせずとも、世界の方が放っておいてくれない――かつてのジャパン・アズ・ナンバーワンの御時世じゃありません。

それどころか、内外に問題が山積して、絶不調の現在ただ今の日本です。

だからこそ、対外宣伝が重要な筈です。

興味を持って貰えないなら、持って貰う努力というものが必要です。

がしかし。

なにしろ外務省の対外宣伝がド下手で、おまけに国内に対する説明義務すら果たさず、悪い友人（ドイツ）とつき合った挙句にアメリカと戦争を始めて、気がついたら国際社会で堂々たる悪役になっていて、寄って集《たか》って袋叩きにされた過去を持つ国です。

しかも、プロパガンダならオレに任せろ、という迷惑な国がお隣さんにいる国です。

自分からアピールしなくて、誰がしてくれるのでしょう。

原発はリアルに迷惑なので誰しも興味津々ですが、センカクや隣国の核武装は知ったことじゃありません。

味方を増やす努力をしなければ、気がついたら敵だらけというのが国際社会です。

国外のニュースといえば戦争だけ、朝から晩まで国内ニュースしか流さず、オリンピックもワールドカップも「やってたんだ」で済まされるのは、覇権国家（アメリカ）と独裁国家にだけ通用する特殊事情でしょう。

いまの日本に、そんな悠長さが許される筈がありません。

生き残りを賭けて日々をサバイバルしているイスラエルが、対外宣伝にどれほどの資金と人材を集中しているか、世界中に味方を作るためにどれほどの努力を傾注しているか、アメリカ映画やテレビドラマを見ているだけでも充分に察しがつくほどです。

その気になって見ていれば、の話ですけど。

のんびり構えてると、またまた気がついたら周りは敵だらけ——になっても不思議はありません。日本海の荒波という天然のバリケードはあるものの、仮にもお友達と呼べる国は遠い海の彼方《かなた》にしか存在しない事情は、イスラエルも日本も変わりゃしません。

そう思えないとするなら、対外宣伝どころか国内に対する説明義務すら果たされていなかった戦前と何も変わっていない、そのことの何よりの証明と考えるべきでしょう。

外務省なんかに任せておけないとするなら、自前でなんとかするしかありません。

といっても、そんな御大層なことがすぐにできるわけもない。

聞く気もない人たちが、すぐに振り向いてくれる筈もない。

NHKの海外放送なんて、オカネ払って見てくれると期待する方がどうかしてます。

まあ、ことカナダに関して言うならば、とりあえず和食とアニメにはそれなりに興味を持つ人々がいるらしい——とするなら、寿司でも喰ってアニメ見て貰うしかありますまい。

いまどきプロパガンダ剝き出しの番組なんか、タレ流したって仕方ありません。

兵頭さんもどこかに書いてましたが、テレビドラマやマンガこそが最強のプロパガンダです。放っておいても見てくれるのですから、これを使わない手はない。

がしかし、だからと言って、ことさらに「萌《も》え系センカクアニメ」を作る必要もありません。

ドラマの中身なんか、なんでもよろしい。

斜に構えていようが、思考能力ゼロだろうが、キャラクターもなんでもよろしい。いかなる状況であれ、口にした約束は誰が見ていなくとも守るし、守れないことを恥と考える——要するに近代人の価値観を持つ人間を描いてさえいれば、後はなんでもよろしい。

専門チャンネルを作ってガシガシ流すべきです。

それが下地となって商売に繋がれば、という下心があっても全然オッケイです。

追い詰められたらヤケ起こして宇宙で特攻、というテンションは厳禁です。

愛のためだろうが何だろうが、許されません。

女子高生が戦車に乗って戦争ゴッコ、も無論ダメ。

暗い少年がオヤジに反抗してロボットで大暴れ、は問題外でしょう。

そういうのは国内だけに……って、なんか八つ当たりになってきたかしら。

でも国内でしか通用しないテンションやドラマツルギーがある、ということに関しては自覚的であるべきでしょう。

そういうお前はどうなんだ、という声が聞こえて来ます。

こちらで制作中の映画が、その基準に照らしていかなるものなのか。

眠れぬ夜に、考えてみる価値はありそうです。

眠ってしまったら、仕方ありませんが。

第15回「れいばあ」（『パトレイバー』実写版撮影始まる）

なんか、平仮名で書くと阿呆《あほう》っぽいですが。

実写版いよいよ始動ということで、日本ではけっこうな話題になっているようですが、それ以前にも実写でやるという話は二度、三度とありましたし、企画を通すためにパイロット版を作ったこともあったりしました。あン時は、まさかの大逆転で『アヴァロン』が採用になったんですけど。

ＯＶＡとして六本のシリーズを作ったところで、もうオシマイにしようと思ってたのに、まさかここまで続くとは夢にも思わなかったです。

いろいろと、ありましたし。

そのお話はあまりにもヤバいんで、さすがに書けませんが。

要するに、あんたは監督だけで、直接に手を出しちゃならんと。まあ『天使のたまご』の直後で、現場で演出させると何を作るか判らん、と思ったんでしょう。

まったく信用されてませんでしたから、あの頃は。

でも自分で演出できないとストレス溜まりますし、基本的にこういうスタンスの仕事はもうやめようと思ってました。

思い起こせば、最終話を納品した後で、製作会社の一番エラい人に呼び出されて、何事ならんと出向いてみたら、最終話のクーデター話がいたくお気に召したとか。

これ映画にならんか、と言われて驚きましたが、あの辺りが転機になったような気がします。

それが回りまわって『パト2』になったわけなんですが。

それにしても、製作会社のトップの呼び出しに、堂々と1時間以上も遅刻してきたブっちゃんにも驚きましたけど。

その後の展開は御案内の通りで、映画版に続いてTVシリーズに第二期のOVAシリーズもあり、『パト2』でさすがに終わりかと思ったら、三本目の映画までありましたから、これ以上の展開といったら実写版しかありませんし。

同じ警察ものでありながら、腐れ縁の『ケルベロス』とはえらい違いです。

まあ、あれは犬の呪いがかかってますからね。

そういうわけで、『パトレイバー』の実写版です。

風の噂に、オシイは『ガルム』で多忙だからカンケイないんじゃないの、という説もあったりするようですが……いつかニコ生で鈴木敏夫が勝手なこと言った時も、後でえらく怒られましたから。

なんも悪いことしとらんのに。

全部あのクソ親父のしでかしたことで、私の責任じゃないのに。

とにかく、そういうことなので詳細は待て暫《しば》しです。

『パトレイバー』のお題で何か書けという編集部のお達しでしたが、やっぱなんも書けんわ。

期待された方には御免なさい。

いいじゃありませんか、どうせその時が来れば判るんだから。

それ以前に、まずは『ガルム』だ。

第16回「世界情勢を読み解く　前編」

——ちまたではTPP参加に関して、議論が沸き上がっていますが。

押井：TPPはやると決めたらやるよ絶対。誰がどう言おうと。安倍はやる気だけど、違う奴が「やっぱりやめた」と言った瞬間、首が飛ぶよ。前の野田（佳彦）だって「TPPやる」って言ったんだからさ。

——言ってましたね。

押井：やらなきゃ政権が覆るのが判ってるからだよ。今、東アジア地区をどう収めていくかというのはアメリカにとっては大きな命題だから。東アジア地区っていうのは簡単に言えば中国のこと。TPPは対中国に向けた戦略の足がかりのひとつという意味合いの方が大きい。そもそも日本の貿易収支がアメリカに対してプラスで真っ黒だったとしても、アメリカは実は全然困らない。そこで稼いだ金がアメリカでしか回ってないんだもん。1970年代に為替を切り上げた瞬間、戦後延々と築き上げた日本の富が一瞬で四分の一になったというさ。あれはアメリカの収奪にあっていたの、もう一回。だから基本的には日本は未だにアメリカの半属国。半属国というのはそういうことなんだよ。いくら稼いでも最後にガサッとやられる。自前でやっていく気がなければ、それに甘んじるしかない。誰も抵抗できないよ。

――安倍総理の訪米の会談は、裏側で普天間基地移設問題などに関するなんらかの確約をしてきたんでしょうかね。

押井：でなけりゃあんなに強気になれるわけないよ。で、鳩山（由紀夫）の場合は最初から「こいつはダメだ」というさ。何の約束もなければね。それでも帰ってきた途端に人間が変わっちゃったじゃん。いまどき友愛だなんて言ってるヤツをさ、アメリカが信用するわけないじゃん。

――安倍さんはそのへんは以前の失敗から学んでいたわけですね。

押井：日本の政治家って基本的に政局で動いてるだけで、政策で動いていないから。同じ政局で動くんだったら小泉（純一郎）ぐらい大胆に田中派の殲滅《せんめつ》を図ればね、違う評価があるんだよ。小泉ってべつに政治的にはたいしたことないんだからさ。一番やりたかったのは改憲なんだけど、でも日本の政治家って生涯にひとつのことしかテーマにできないからさ。とりあえず郵政民営化をテコにして田中派を殲滅したというのが最大の功績。中曽根

（康弘）が旧電電公社を民営化したのと同じ手法だよ。利権構造を根底から覆した。あとできることといったらチルドレンを作り出すしかない。政治家ってやっぱり総理大臣になるしかやりたいことやれないから。というかそれでもやりたいことやれるのが珍しいんだよ。政治家って本当に生涯にひとつぐらいのことしか実現できないから。実現できればいいしたもんであってさ。

——なぜできないんですか？

押井：それをやるためにいろんな政治家と取り引きするじゃん？　その取り引きのカードが限られてるからだよ。こちらをやるためにはあちらを受け入れたりとかさ、どれだけカードを手に持ってるかで決まるわけだ。派閥になりたがるというのは基本的にそういうことだよ。数も力だから。

——基本的にはバーターで成り立ってるわけですね。

押井：うん。数は確かに力だけど、数だけではやっぱり勝負ができないんでさ。張るカードがないと。じゃあ一番上等なカードはなんだというとさ。誰も抵抗できない、印籠みたいなカードがあるわけだ。それがワシントンだよ要するに。アメリカの意向だよ。誰も抵抗できない。そのアメリカの意をどこまで汲んで、どこまでそれを利用して自分の政治基盤を固められるかで、成せることと成せないことが変わってくる。

――アメリカが中国に対して大きな警戒心を抱いているとして、尖閣諸島問題などに関してはことさら中立的な立場を維持するのはどうしてなんですか？

押井：アメリカの歴史的な国是なんだよ。領土紛争に関してはいっさい介入しない。徹底してるから。こないだどこかのバカな政治家、民主党とかあの辺だけどさ、「尖閣に係争問題がある」と言っちゃったわけだよね。係争問題と言った瞬間、アメリカは手を出さなくなる。係争問題は二国間の問題であって、アメリカは絶対介入しないという国是がある。だから係争問題は「あっちゃいけない」んだよね。ロシアだろうが日本だろうが、「領土問題はない」とおたがいに言い切ってるんだからさ。あると認めちゃったらそこで膠着《こうちゃく》しちゃう。そこから先はもう駆け引きになるの。そういう国際政治上の常識がないから「係争問題がある」と言っちゃったわけだ。一番困るのはアメリカなんだけど。アメリカの政治家はそれでもういっさい手を出さない。当事者が「係争問題がある」と認めちゃったわけだからさ。政治というのは建前の世界だから、譲った分だけ押し込まれるんだよ。

――そもそもアメリカはなぜ領土問題に手を出さないんですか？

押井：昔からそうだよ。もともと戦争やっても賠償も求めないし、領土も求めない。それがアメリカの建国以来の方針だもん。もちろんいつもそうだったわけじゃない。メキシコの時とかフィリピンの時とかハワイとか、領土を獲得することもさんざんしたんだけど、基本的には第一次大戦でも第二次大戦でも領土は求めなかった。沖縄が違ったのは海兵隊がいるからなの。

――でもパナマ運河の時にはわざわざパナマ共和国を作ったりまでしてるわけじゃないですか。

押井：そうそう。だから係争問題でさ、片方に肩入れするんじゃなくて、そういう構造自体を作っちゃうわけ。判りやすいだろ？　もともとだから新大陸の問題というかね、南アメリカも含めた新大陸の問題にヨーロッパにいっさい口を出させないというさ。

――ああ、なるほど。ヨーロッパに口を出させないためということなわけですね。

押井：そう。絶対拒否する。だからアメリカが音頭を取って南アメリカの会議を招集したりしたじゃない？　いまでもやってるけどさ。ヨーロッパを牽制《けんせい》してるんだよもちろん。ブラジルだってドイツとの関係はあるしさ、大戦中もあったんだから。ナチのほとんどがことごとくブラジルに亡命したのはなぜだというさ。そういう意味で言えば、パナマなんてもともと利権のために作られたんだから。それはスエズ運河の話とは根本的に違うんだよ。（アメリカは）やる時はやるよ。やる時はやるけど、逆に島嶼《とうしょ》の領有問題なんかに口を出すわけがないじゃない。自由通行権さえ維持できれば、尖閣がどっちの島だろうが関係ないんだからさ。あんなちっぽけな島のために介入してさ、わざわざ中国と角を突き合わせて何のメリットがあるんだというさ。やる時は違う口実でガンとやるよ。もともと尖閣自体はべつに全然政治的な焦点でもなんでもないんだもん。中国は全然あんなものは欲しくないからね。

——では、中国が表向きにでも尖閣に拘《こだわ》る理由は？

押井：軍に対するガス抜きで、デモンストレーションでやってるだけ。もっと言えば単なる陽動。本命は南沙諸島だからさ。あの辺の油田が欲しくてしょうがないんだから。あそこ（尖閣諸島）の大陸棚に油井《ゆせい》がないということはもう判明しちゃったから。さんざん試掘やったんだからさ。あれは単に軍に対するガス抜き。あんなところ領有したって中国には何のメリットもないよ。それで言ったら例のヴァリャーグだろうが、例の空母（遼寧）だろうが、これはもう兵頭（二十八）さんの受け売りだけど、人民解放軍に対して実現不可能なハードルを示してガス抜きしてるだけ。人民解放軍というか軍部はアメリカとやりたくてしょうがないんだからさ。ほっときゃ始めちゃう。それをなだめすかしてると舐《な》められるわけだ。だから「やるときはやるんだ」とガツンと聞かせる気で言ってるけど、実は本気で聞かせる気なんかないんだよ。相手がヘタレな日本だからなにやっても言いたい放題で。

——まあ、攻撃してこないですからね。

押井：そうそう。それが証拠に例の尖閣にしたって人民解放軍というか海軍は絶対出てこないんだから。あれ全部中国版の海上保安庁だったりさ、要するに軍隊じゃないわけだ。

——海賊みたいなものも混じっていますね。

押井：うん。あれはだからべつの組織がやってるわけで、海軍を前面に出す気はないんだよ。それはだからアメリカに対するサインでもあるんだよね。「本気じゃありませんぜ」というさ。

——ああ。アメリカも逆に「じゃあ介入しなくていいんだ」という。

押井：そうそう。アメリカはいまだからさ、東アジア地区をどう丸く収めようかなと思案中。いろんなオプションがあると思うよ。そのオプションの中にTPPは入っていても、北朝鮮の核武装対策なんてこれっぽっちも入ってないよ。

——そうなんですか？

押井：入ってないよ、そんなもの。だってフェイクだもん。

——（北朝鮮は）核は作ってないんですか？

押井：持ってない。

——でもウランの採掘は行っていますよね？

押井：核自体持ってても、それをＩＣＢＭ（大陸間弾道ミサイル）に載っけて弾頭化する技術はない。何度もいままでやったんだよ。地下核実験と称して、農薬を山ほど積み上げて爆発させて、要するに地震計の針を震わせるだけでさ。実際に放射性物質を衛星から監視してるけど、検出されてない。あれは嘘。そういう嘘は結構あるんだよ。

――本当ですか？

押井：そういう嘘で大騒ぎしてるのは日本と韓国ぐらいなもんで。

――中国もその嘘は判ってる？

押井：たぶん。韓国軍はどうか知らないけど、自衛隊はおそらく知ってる。そのことを公表することが自分たちにとって利益になるかならないかだよ。脅威がなければ間違いなく軍縮されちゃうんだから。

――自衛隊はそりゃ脅威があった方がいいですよね。

押井：「中国空軍は脅威だ」と言い張ってるアメリカ空軍みたいなもんだよ。あんなもん屁でもないよ。でも脅威がなくなっちゃうと、間違いなく予算が削減されるし。だから中国海軍とか中国空軍は脅威であってほしいんだよ。実際にはゴミみたいなもんでさ。あんなのは、もし戦争をやったとしたら開戦から三日持たないよ。問題なのは中国は40発の水爆を持ってるということだよね。これは事実。ただその40発の水爆の弾頭は保管してるから。外してあるから。

――では、北朝鮮と中東で核開発技術のやり取りがあるというのは？

押井：北朝鮮はいま中国のコントローラブルになってないから。言うこと聞かない若頭みたいなもんだよ。で、中国は北朝鮮を自分たちのコントロール下に置いてるとアメリカに対して言いたいわけだよ。そうするとやっぱり対米交渉に関してカードを持てるから。「北朝鮮はお前のところがなんとかしろよな」「まかっとけい」というさ。実際にはコントロールできてない。北朝鮮もその自分の立場が判ってるから、絶えずコントロールから外れようとしてる。テポドンなんて日本に向けてるわけでもなければ、グアムに向けてるわけでもない。北京に向けてるんだよ。「親分がチャカ（拳銃）くれないからチャカ買ってみましたぜ。いざとなったらドスンといきますぜ」というさ。もうちょっとマシな政権が北朝鮮にできることが中国にとっては一番望ましいの。いまのヤクザ政権じゃダメだと中国も思ってるんだけど、じゃあ潰していいかというとさ、潰すと韓国と直で向き合わなければいけない。要するにこちら側との間に緩衝国家がなくなっちゃう。嫌なんだよそれは。いざというときに潰しが利かないから。

――中国が緩衝国家として北朝鮮を欲していて、北朝鮮もそれを判っていて、やんちゃ坊主になって暴走しているわけですね。

押井：うん。そういうギリギリの条件の中で北朝鮮はかろうじて成立してるだけであってさ、北朝鮮自身もそのことを知ってるから。だから絶えず挑発を続ける以外に政権を存続できない。アメリカに対してだけじゃなく、中国に対して、実はあらゆることを中国向けにやってる。

——日本はその嚙ませ犬というわけですね。

押井：そう。その絶好の嚙ませ犬として日本が登場してるだけ。なにやっても怒らないから。キャンキャン言うけど嚙みついてこないから。利用されてるだけ。

——情けない限りです。

押井：だから、アメリカの東アジア対策のオプションというのは何通りかある筈なんだけど、もう少し見えてこない。どうしたいのか。やばいと思ってるというか、中国に対して頭に来てるのは間違いない。「いい加減にしろ」というさ。でも中国は、アメリカとだけは絶対にやりたくないわけだ。少なくとも共産党はやりたくない。軍はやりたくてしょうがない。

——そうなんですか？　人民解放軍はアメリカと？

押井：やりたくてしょうがない。

——現実の戦争を、ということですか？

押井：それはもちろん。

――でもいま本気で戦ったらどうなるんですか？

押井：（中国が）負けるに決まってるじゃん。

――それでやりたいってちょっと頭がおかしいじゃないですか。

押井：軍ってそういうものだからさ。それ以外に自己実現とか自己主張とかなにもない。でさ、実際に米軍が大陸に侵攻しちゃったら確かに勝負になるよ。

――ああ、要は地上戦になった場合。

押井：うん。引きずり込んだ方がいいんだから。でも、アメリカは地上戦をするわけないじゃん。逆だよ。全部ＩＣＢＭの基地とかは奥地にあるから、モンゴルとかあっちから回り込むとかそういうオプションはあってもさ、海岸側から縦続して侵攻するなんていう、この間のイラクみたいなことは絶対にやらない。要するに人民解放軍の幹部が考えてるのはそういう戦争だから。引きずり込めば勝てるというさ。空軍が三日で殲滅されようが、海軍が三日で撃沈されようが、それで戦争に負けたことにならないから。戦争ってそういうものじゃん。「負けた」と言わない限り負けてないんだよ。

――まあ、あれだけ領土が広ければ。

押井：で、そうすることで逆に軍部は共産党を超えて権力が手に入るんだもん。戦争の方向に持ち込めば、やりたい放題だよ。それで何千万死のうが関係ないから。戦争って「負けた」と言わない限り続くんだから。そうするとアメリカは嫌になってやめるに決まってるじゃん。結果的になにが残るんだって言えばさ、共産党政権が倒れて軍部が立つだけだよ。そのために海軍が全滅しようが空軍が殲滅されようが関係ないよ。

——軍と党の国内覇権争いのために戦争をしたいということですね。

押井：戦争が権力を指向するからそういうのをしたかったというさ。(人民解放軍も)アメリカに勝てるなんて思ってないよ。ただ負けないと思ってるだけ。それはだって人民解放軍を皆殺しにしない限り終わらないじゃん。そんなことアメリカ軍にだってできないよ。何百発も水爆をぶち込めばそういうことはあるかもしれないけど、そこまでできないでしょ?

——できないですね、さすがに。その場合は日本は人質みたいなものになってきますね。

押井：だからそういう意味で言えば、中国と一括りに言ったって共産党の思惑と人民解放軍の思惑は全然別。軍を完全に掌握できた鄧小平とか、それは軍に見返りがあったからだよね。確かに金儲けしたおかげで近代化できたから。問題は近代化した軍隊でなにをやるんだというさ。戦争はいつだってできるんだもん。

——軍の近代化というのはどういうことですか?

押井：組織や装備の近代化。

——でも人民解放軍は地方によって軍閥化してバラバラですよね。それは大きな意味ではまだ近代化されてないんじゃないですか？

押井：陸軍というのはどこでもそうだけどさ、要するに地域に密着するし。でも空軍とか海軍というのは中央の指揮下に入りやすい。

——海軍と空軍は結構ひとまとまりになってるんですか？

押井：だけど実際に海軍や空軍だけで戦争はできない。領土がある以上は最後は陸の決着になる。相手の空軍や海軍が全滅したとしても戦争は終わらないよ。

——要は陸軍が「まいった」と言わない限り。

押井：完全に占領下に置かない限りはね。

——あの広大な土地を逃げ回って。

押井：あのデカい土地をさ、イラクですらまともに占領できてないのに、あのデカい国を占領下に置けるわけないじゃん。どれだけ金かかると思う？　しかもその見返りってゼロだよ。そんなことやるわけないじゃん。戦争が結局痛み分けであれば、逆に内実として中国の勝ちになっちゃう。

——陸軍は地方とくっついてほとんど自警組織になってるわけですよね。

押井：軍閥化するだけ。そうなったら実際に守ってくれる人間しか信じないから、共産党がなにを言おうが軍が守ってくれるんだったら軍につく。金も入れるし。あっという間に軍閥化する。

――いま中国は何個ぐらいに分かれてるんですか?

押井：軍管区はいくつか忘れたけど十いくつかあるんじゃない?

――それは要するに同じ人民解放軍の中で十いくつに分かれちゃってるんですよね。

押井：軍管区ごとに、ある意味でいえば全部自給自足だけど。中国はだから統一できたというのは、それこそ秦の始皇帝から始まって、共産党政権に関していうとそれなりに長命政権なわけだ。もう四世代ぐらい交代してる。それだっていつまでも続くなんて誰も思ってないから。共産党自体もそう思ってないわけ。共産党は自分たちの政治権力を残すためだったらなんだってするよ。

――その思惑と反目してる最大の権力が人民解放軍なんですね。

押井：内部構造的にいえば。それ以外に抵抗勢力はないじゃん。共産党の中の近代化路線派とかね、いることはいるけど、ことごとくみんな排除されたでしょ。天安門(事件)の本質ってそれだから。あれで徹底的に排除された。「百万人死んだって全然OKだ」って鄧小平が言った通りだよ。やるぞというさ。あんな戦車の前に立ちふさがったらロマンチシズムが通用するわけないじゃん。踏み潰されて終わりだよ。

――本当に踏み潰されたようですからね。

押井：天安門って何人死んだか未だにわからないんだから。とはいえ、一人で四千万人殺した毛沢東に比べれば全然かわいいものだよ。最近の研究だと、毛沢東は史上最悪の虐殺者だからね。実数はよく判らないけど四千万近く殺してる。ポル・ポトなんてもんじゃない。内実は虐殺だからね。意図的な飢餓だから。スターリンよりも殺してる。

――スターリンより毛沢東の方が殺してるというのは、一般的な知識ではないですね。

押井：そうね。でも、大躍進やら文革やら全部トータルしたら四千万人以上殺してる。史上最悪の独裁者だよ。秦の始皇帝より殺してる。秦の始皇帝がなぜ毛沢東より殺せなかったかといったら、当時の人口がいなかったからでさ、人口密度の桁が違うから。あとはやっぱり手段がなかったから。首を一所懸命刎《は》ねたって万の大台にしかならないよ。でも大躍進のときに作り出された飢餓というのは、それこそ本当に百万単位、千万単位で人が死んでるんだから。飢餓という名前の虐殺だよあれは。で、スターリンもやった。まあ、レーニンもやったけどね。

――それは計画を立てる人間がいるんですか？

押井：いるでしょ、もちろん。いるというかそれは副産物だよね。殺すためにやったわけじゃないから。結果的に殺すことになっちゃった。で、殺しちゃってもいいという、そういう意味では確信犯に近い。「しょうがないじゃん」というやつだよね。ポル・ポトだって同じことを言ったに決まってるじゃん。農民国家を作るんだって都市を全否定したんだから。都市に住んでるインテリから商人から医者から全部殺していいと言ったんだからさ。「全員農村に帰れ」って農村国家を作ろうとしたんだから。で、やってることは凄まじいかもしれないけど、実は言ってる理念は日本の農本主義者となにも変わらないよ。

——農本主義者というのは、宮沢賢治や高畑(勲)さん?

押井‥高畑勲や宮沢賢治とどこが違うんだよ。「農村に根拠を置け。都市なんかいらないんだ」というさ。宮沢賢治との違いはなにかと言ったら、農村でコンサートを開いたりするんじゃなくて都市の人間を皆殺しにしたというだけ。思い描いた理想郷は同じなんだよ。「農村を拠点にして人間は生きるんだ、そういう国を作るんだ」という完璧な反近代主義だからさ。都市化なしに近代化はあり得ないから。都市化というのは人間の必然なんだからさ。都市を全否定するというのは近代化を全否定するのと一緒。

——それは押井守対ジブリの構造?

押井‥(笑)。あのさ、俺が農本主義というものを本質的に警戒するのはそれがあるからだよ。農村を美化するなというさ。

——まあ、『イノセンス』とか何回か見るとその思想は判ります。

押井：農村を美化する思想にろくなものはない。

――でも都市も自然なんだという思想は、よっぽどスイッチを切り替えないと普通の人は。

押井：ポル・ポトの都市全否定と農村回帰とは紙一重だもん。『おもひでぽろぽろ』だろうが『となりのトトロ』だろうが農村を美化するほど危険なものはない。そういうことに無自覚だからインテリゲンチャはダメなんだよ。

――でも現在四十代の僕ら世代くらいまでは農村美化を刷り込まれてましたね。

押井：うちの師匠（鳥海永行）の世代というか、彼らは学童疎開で農村でさんざんいじめれてひどい目に遭ってるから、まったく信用してない。

――僕らは若い頃に『ホール・アース・カタログ』とかソローの『森の生活』とかで自然こそ楽園のような幻想を60年代カウンターカルチャーの流れで植え付けられてましたから。最後は森の中で暮らすのかなとか、漠然と思ってました。

押井：それは例のほら、自然児というやつだよ。「自然の中に善なるものがある」というさ、それの行き着く先はなんだというと、虐殺があるだけであってさ。啓蒙主義もそうだけど、農本主義もそうなんで、要するに教化するとか開化するとか、人間の本性に立ち返るとか、全部反動思想だよ、俺に言わせると。人間の文化というのは一方向にしか進まないものなんだよ。

——要は都市化されちゃったら、その中でなんとかするしかない。

押井：晩年の吉本隆明みたいなもんだよ。「自然なんてものはもうないんだ」というさ。人工的に作り出された自然以外にないんであってさ。

——養老孟司さんも近いことをおっしゃってましたね。都市とは結界で、自然も人間が脳内でデザインしたものの中にしかないと。

押井：うん。それを無視して自然にいる人間は、そこまではっきり言ったかどうか知らないけどさ、それを無視して自然を絶対化する思想はむしろ危険な思想であってさ、人間の進化に逆行しようとすれば、あらゆる軋轢《あつれき》が生まれて、結局は虐殺に帰結する。一見すると非常に穏やかでユートピア的なさ。でもナチスの自然回帰とどこが違うんだよ。ナチほど自然回帰を主張した独裁政権があったかというさ。

——タバコ撲滅、アルコール撲滅にヌーディズム運動までありましたね。ある意味でエコロジー思想の原点でもある、という見方もありますね。

押井：ワンダーフォーゲルだろうがなんだろうが、みんな起源はナチなんだから。俺の好きなレニ・リーフェンシュタールがね、山岳映画から立ち上がったというのはそういうことなんだよ。彼女自身がナチと親和性が高かった。ある種の山岳映画のスター女優だったの。そこから映画監督になったんだもん。で、最後までその失敗を引きずったわけだよね。ヌバというアフリカの部族の写真集を出したり、最後は水中写真家になった。最後まで自然というものと抜きがたく結びつこうとしてた。それと『民族の祭典』とね、根拠なんか一緒なんだよそれは。アフリカの土着の部族がどれだけ美しかろうが、それを賛美する時点ですでにある種の思想になってる。

――実際にアフリカは大虐殺天国になってますからね。

押井：そうそう。実際のアフリカは虐殺天国でしょう。その自然という理念がどれだけ人間の運命を狂わせたか。

――虐殺自体が他国が介入してると勘違いしてる人もいますからね。

押井：関係ないよね。ナタがAKに変わってさ、虐殺の桁が変わっただけだよ。で、アフリカ中にAKをばらまいたのは誰だよという話だよ。昔はソ連で、いまは中国だからね。千円しないいんだから。

――鉱山開発で町を作って、そこにチャイナタウンができてという、あの辺の流れの中でAKがばらまかれるわけですか。

押井：代金の代わりにAKをばらまいた。外貨は出さないから。お買い物するのに外貨を出さない。その代わりに武器を供給するわけ。最終的には核技術まで場合によっては売っぱらってる。でも直接売らないいんだよね。手下の北朝鮮に売らせる。それはアメリカもヨーロッパも知ってるから、だから頭に来てる。パキスタンだろうがインドだろうが、もとを正せばみんな震源はどこだと言ったら、実は全部中国だよ。

――それでアメリカが手を出せない中東に中国がどんどん入っていく。

押井：それは冷戦時代にソ連がさんざん使った手だよ。正面で対峙《たいじ》するんじゃなくて、アフリカとかキューバとか南米とか世界中でそういう構造を作り出したんでさ。軍事顧問団を送り込むことによって。で、軍事顧問団の先に尖兵《せんぺい》がいるわけだ。

――中東やアフリカに中国勢力があるとして、それがアメリカ勢力とぶつかる場所はイスラエルとパレスチナあたりになるわけですよね？

押井：あそこはすでにその焦点化してる。それがときにはユーゴだったりトルコだったり東ヨーロッパになったりするけど、基本的には革命を演出するという名目のもとにやったことはなにかと言ったら、まず技術顧問、軍事顧問団を送り込んで、自分の国の兵器で武装させる。正面で事を構える代わりにアフリカだ中東だ南米だに輸出しただけだよ。ソ連は崩壊してそれをやめたから。で、中国が取って代わった。世界中にチャイナタウンを作ろうとしてるしさ。最近その仕掛けがあからさまなのでバレ始めた。最初は病院や学校を作ってくれるんだけど、つぎに中国の商店やスーパーマーケットができて、最後に軍事顧問団が来て、それに付随するコックだなんだ全部連れてきて。それで地域に浸透していっちゃう。で、経済構造から全部変えられちゃう。地域に大型店舗を出店するようなものだよ。地場産業が壊滅状態になって、経済的にも依存するようになる。

——地方に原子力発電所を作る構造とも似ていますね。

押井：そうそう。構造的には全く同じだよ。それはさすがにやばいだろうって、最近まさにみんな気がつき始めた。「このままだとやばい」というさ。とりあえず目先で学校や病院を作ってくれるわ、軍の近代化を指導してくれるわ、ついでに兵器も供給してくれるわ、それは部族抗争に勝ちたいから。

——そうですね。ひとまず隣の部族に勝ちたいですよね。

押井：そうそうそう。そうやって外国の勢力に依存して獲得した政権というのは基本的には全部傀儡《かいらい》だから。

——アメリカの場合はもはやそれが軍事顧問団というか部分的には民営化になってるじゃないですか。そのへんでさらに見えづらい。

押井：軍の代わりに戦争企業が入ってるだけだよね。アメリカだってかつては同じことをやったんだからさ。フィリピンで反日闘争をやったのも実質的にはあれはアメリカ軍だからね。全部指導したんだから。フィリピンが建国できたのだって同じことでさ、かつて一度は植民地にし、つぎは独立させるというさ、全部アメリカの都合だよ。ついには基地を追い出された。最近また見直しになってるけどね。中国があまりにもやばいから、さすがにフィリピンもやばいと思い始めたんだよね。あそこもそういう意味でいえば台湾と一緒で国防をサボってきたから。いざとなったら金持ちはみんな逃げ出す算段をつけてるから。「このままじゃやばいよな」というさ。

——大きく言うとイスラム教圏はアメリカよりも中国寄りになるんですか？

押井：いや、必ずしもそうじゃない。本当のイスラムだったら共産党なんか最大の敵に決まってるんだよ。無神論だもん。

——イスラムはイスラムでちゃんと独立してるんですか？

押井：イスラムはイスラムで、潮流としては第三の勢力になろうという意志はあっても、実質的にはまとまりようがないんでさ。それ以前に宗派闘争があるからさ。いろいろあるんだから。全部原理主義じゃないしさ。

——現在、基本シーア派というのはイランだけでしたっけ。

押井：基本はそうだよね。俺もその辺は全然詳しくないんだけど、基本的にはイスラムというのはさ、イスラム以前にアラブすらまとまってないんだから。

——エジプトがいま一番フラフラしてるわけじゃないですか。

押井：エジプトがいってみればリーダーになりたがってるわけだ。

——アメリカとアラブの板挟みでテンパッて、やばいことになってますよね。

押井：いちおうイスラム圏では最大の国ということになってるからさ。でもその根底が揺らいでるわけでしょ？

——アラブの春はどうなったんだというぐらいにどうしようもないことになってますね。

押井：そりゃそうだよ。表面上民主化しようが選挙やろうが基盤がないんだからさ。民主主義になる基盤自体がないんだから。

——アメリカにとってはエジプトがイスラムに行っちゃったら当然やばいわけですよね。

押井：やばいだろうね。でもさ、最終的に一番望ましいのはイスラムでもなんでもいいんだよ。安定した政権で商売ができることだけなんだよ。

——ああ。じゃあアメリカもべつに親米である必要はないってことですか。

押井：経済的に信用できる商売をしてくれれば。中国みたいに信用できない商売の相手にならないならば。

——要するに、もはや自分たちと同じルールを共有してくれさえすればいいと。

押井：そう。だから近代化のルールを強制したいわけだ。

——意外にアメリカは懐が深いんですね。

押井：深いというか、それ以外ないじゃない（笑）。だってグローバリズムってそういうことでしょ。かつては教会を使おうと思ったけど、いまはそれがダメなことが判ったから。要するに「近代化を強制する」という一語に尽きるんだよ。

――じゃあ、もはや宗教論争とか宗教戦争なんてものはないわけですか。

押井：実質的にはない。近代国家とそうでない国があるだけ。本当に近代国家と言える国は数えるほどしかないから。

――そうでない国の最大派閥が中国だからみんな困ってるわけですね。

押井：そう。しかもそうじゃない国が続々と核武装化しようとしてるから、これを放置できない。毛沢東がやった最大の政治的な成果だよ。国民が全員パンツ一丁になっても核武装をやるんだという。やったからね。あれがなかったらとっくに共産党政権なんて消滅してるよ。しかも40発以上は持ちませんというさ。だけどそれこそ潜在的には量産する能力があるんだということをキープしたいわけ。だから反原発なわけないよね。続々作ってるじゃん。作りまくりで最終的には２００も３００も作ろうとしてるんだからさ。結局それが切り札になることを知ってるからだよ。ただ「当面はやりませんぜ」というジェスチャーで、だから核弾頭を確かに外してあるんだよ。それはふたつの理由があって「アメリカに対して本気で撃ち込む気がありませんぜ」という意思表明と、軍部を信用してないから。

――なるほど。対アメリカだけでなく、国内軍部に対する牽制もあると。

押井：核だけは政権が完全に掌握したいから。人民解放軍に核の管理を任せる気は毛頭ないんでさ。核弾頭だけは共産党が厳重に管理する。

——アメリカも最後のスイッチはホワイトハウスですよね。

押井：それはさ、そもそもシビリアンコントロールの構造が違うから。現場の指揮官に核のキーを渡す気は全然ないんだよ。中国がこの間原潜を作ったときも原潜に核を搭載する気は全くないんでさ。だってどこに行くかわからなくなっちゃうもん。勝手に戦争を始めようと思えばできるんだから。第一線の指揮官に核の管理を任せるなんて絶対にない。

——突然アメリカの国土に浮上して戦争を始められたら。

押井：それ以前に撃沈されるけどね。最初の一発を撃った時点で撃沈されるけど、それでもうまくいけば一発は届くだろうね。いまの潜水艦って一発ぶっ放しただけで、まず間違いなく撃沈されるわけ。かつてソ連がなぜ戦略ロケット軍という核部隊を独自に作り出したかっていえば、軍が信用できないからだよ。どこの国でも同じことをやるの。

——どこの国の政府も軍は信用してないんですね。

押井：どこの国でも政権というのは本質は軍との闘争なんだよ。

——日本も自衛隊を信用してないんですか？

押井：かつてはそうだった。いま現在はコントロール下にある。でも警戒はしてるよ。とくに警察官僚上がりの政治家。かつての後藤田（正晴）とかもそうだし、戦争中に痛い目を見てるから、旧内務省系の警察官僚は自衛隊を絶対信用していない。

——それは『ケルベロス』（サーガ）の世界になるわけですね。

押井：そうそう。

——ようやく押井作品のバックグラウンドが判ってきました。

押井：そういう意味で言えば、いまの陸上自衛隊は旧陸軍とは系譜が違うから。ただ海軍は伝統的に繋がってるし、最終的に継続されたの。アメリカが継続させたんだけどさ。やっぱり海軍は海軍同士、日本の海軍がどれほどのものだというのを一番知ってるのはアメリカ海軍だから。

——アメリカ海軍は日本の海軍をリスペクトしていたんですか？

押井：認めてるよもちろん。だって機動部隊を運用できたのはアメリカと日本だけだよ。イギリスはちょろっとやっただけでさ、機動部隊をまともに運用できた国ってどこがあるんだよ。太平洋で決戦したというのはそういうことなんだよ。

——韓国の海軍は自称無敗だと言ってますけどね。

押井：あんなのお話にならない（笑）。北朝鮮の水雷艇だかなんだかに撃沈されてるようではそもそもお話にならない。あれで満天下にさらしちゃったんだからさ。全然把握できてない。韓国軍がいま一番戦争したがってるのはどこかって言えばさ、北朝鮮じゃないよ。日本だよもちろん。

第17回「きたちょう」（北朝鮮ミサイル発射事件）

「きたちょう」と言えば「サンデー志ん朝」の谷幹一です。

まあ、六十歳以上の日本人でなければ覚えていないギャグでしょう。

「来たか朝さん待ってたホイ」の一連の動きは谷幹一が脚気《かっけ》でないことを誇示していましたが、北朝鮮のミサイル騒ぎは日本という国が深刻なビタミン不足で、反射神経がダメになっていることをあからさまに示しています。

だ・か・ら、核兵器なんて無いんだってば。

核分裂兵器なんてものは、地上または地下爆発の実験を繰り返さなければ、実用化なんぞできる筈もなく、また先日の核実験がフェイクでないとして、すでに核分裂装置の開発に成功していたとしても、それをミサイルに搭載するレベルにまで小型化する技術は半端でなく高度なものであって、しかもこれを適切な高度で起動させる技術的ハードルはとてつもなく高く、これまた実験を繰り返さなければ実戦配備できるようなシロモノじゃありません。

そんな技術が、というよりそんな国力がそもそもあの国に存在する、と考える方がどうかしてると、なぜそう思えないのか不思議でなりません。

そもそもが「てぽどん」だの「のどん」だの、勝手な名前をつけてますけど、要するにソ連製スカッドのコピーであり、そのまた改良品に過ぎません。しかもそのスカッド自体がナチス・ドイツのV2ロケットのコピーに過ぎないのであって、非核であった場合の威力がどれほどのものかは、第二次大戦からこっち、イラン・イラク戦争や湾岸戦争でも実証済みなのですから、恐れるに足りません。

もちろん日本のどこかに落っこちた場合、被害が出ない筈はありませんが、たかだか数百キロの弾頭炸薬《さくやく》重量しかない非核ミサイルに何ができるかは、これまた容易に想像がつくのであって、政権の存続というリスクを冒してまで撃ち込んでくる筈がありませんし、日本海側の原発に対艦ミサイルを撃ち込まれる可能性に比べれば（それは現段階ですでに可能なのですが）、危機と呼ぶに値しません。

いや、ミサイルの発射実験を繰り返し、核兵器の開発を進めている、そのこと自体が危機なのだとするのなら、もっと具体的な対応をいますぐ始めるべきでしょう。それをしていない（としか思えない）ということは、実は本当の危機感を持っていない、なによりの証拠です。

ミサイル破壊準備命令も結構ですが、もし真剣に国防を考えているのなら、ＭＤなんてバカな金がかかるばかりで、しかも実効性の疑わしい方法でなく、Ｆ－２に空中給油装置を装備して、直ちに長距離侵攻訓練を始めた方が話が早い。

うちの師範代の言い草じゃありませんが、受けてる余裕があるなら腕を伸ばして殴るべきなのであり、それが「安全・安価・有利」だということになります。

まあしかし、実はそんなことも二義的・三義的以下の話なのであって、問題の本質はそんな対応レベルの話じゃありません。

いざ戦争が始まったとしたら、先方の戦力などカスも同然なのであって、問題はその背後に控える親方、例の迷惑な大国にあることは明らかなのですから。

あちらは、これはもう正真正銘の核武装国家なのであって、スカッドのコピーなんてケチなシロモノでなく、本物のＩＣＢＭを保有しているのですから、危険なことこの上もなく、手下の核開発どころの騒ぎじゃありません。

親方を問題にしないで、なぜ跳ねっ返りの手下の脅威のみを騒ぎ立てるのかといえば、外見上は手下のチンピラの方が危険に見えて判りやすいからであり、親方の脅威を真面目に考えるとなると、本格的な議論が必要になるからであり、要するに、本質的な議論は可能な限り避けて平穏無事な日常を偽装したい、という怠惰でいい加減な思考空間がこの国を覆っているからなのです。

いつも言っているように、物事は正確に順を追って考えなければ正解に近づくことはできないのであり、そのことをサボっていくらカラ騒ぎを演じようと、何も解決しないどころか、ますます事態を悪化させるだけなのです。

「来たか朝さん」であり、「待ってたホイ」と反射神経を誇示するくらいの余裕が欲しいものです。

その谷幹一さんも、古今亭志ん朝さんも、もはや故人ですけど。

誰も真剣に考えようとしていないのに、遠いカナダで映画を撮影しながら心配したって仕方ありません。そもそもカナダじゃ、誰もちいとも心配なんぞしちゃいないし、ニュースにすらなってませんから。

もう、うんざりです。

第18回「世界情勢を読み解く　後編」

押井：韓国が一番戦争したい相手はどこかといえば、本音を言えば日本だよ。日本と韓国の歴史的な確執はそれほど深い。韓国の若い兄ちゃん姉ちゃんが日本のサブカルが好きだろうが、日本のおばちゃんが韓流を好きだろうが関係ない。民族的な嫉妬というのはそう簡単に解消できないんだよ。中国のインテリと一緒。中国のインテリは日本人が憎くてしょうがないんだからさ。向こうからすれば明らかに日本は格下なんだから。

——韓国から見ても日本は格下？

押井：もちろん。で、中国からしたら韓国は、未だに手下でしかない。歴史的に言えば半属国どころか完全に属国状態。韓国はそれを良しとした。半島の人間というのは日本に隷属するぐらいだったら中国に朝貢したほうがマシだと思ってる。それじゃロシアが南下してきた時に困るから、かつての日本は半島経営したわけじゃない？　日本の戦前の半島経営なんか全部持ち出しで、完全な赤字だからね。学校作って、インフラ作って、なんとか近代化して中国と手を切らせようとした。結果的にやり方があまりに下手くそだったから、感謝されるどころか逆に憎まれたけど、本質から言えば、どうして伊藤博文が殺されなきゃいけなかったんだという話だよ。

――でも、押井さんは以前、著書『コミュニケーションは、要らない』の中で、韓国は文化的に中国から離れたいから、ハングルという独自の言語を選んだと書かれていましたよね？

押井：文化的にそういうものがあったとしても権力構造としてはまたべつなんだよ。彼らも自分の国に対する誇りは当然持ってるよ。それこそ「韓国半万年」なわけだ。中国四千年だったらうちは半万年、つまり五千年だと。文化的にそういうプライドを持つことと権力構造の中で属国として安全を確保したいのは矛盾しない。文化的には優越してるんだというプライドさえ庶民に持たせれば、属国に過ぎなくても現状は維持できる。日本だって本質的には同じなんだよ。たまたま日本海の荒波があったおかげでラッキーにも中国文化に屈せずに済んだだけでさ、アジアはある時期、全部中国文化に席巻されたんだから。だから、未だに東南アジアの国は中国をいっさい信じていない。ベトナムなんか仇敵《きゅうてき》だもん。

――ベトナムは中国よりフランスの方が好きということですか？

押井：たぶんね。いまの政権の連中はみんなフランスに留学してる。ポル・ポトだってフランス留学組のバリバリの共産主義者だし、ホー・チ・ミンだってフランスにいたんだから。植民地と宗主国の関係って複雑なんだよ。いまでもアフリカで何かあればフランスは軍を送るじゃない？　宗主国の責任だと思ってるわけだ。そういう意味で言えば、未だに報復を恐れてる。だから核武装だけは絶対にさせない。その根底にあるのは歴史的な報復に対する恐れだよ。さんざん収奪したんだもん。

——確かに現在起きている問題を遡《さかのぼ》れば、そのほとんどは植民地時代にヨーロッパの人間がやってきた歴史に行き着いてしまいますね。

押井：ヨーロッパの抱え込んでいる、そういう負の遺産というかね、大航海時代からふくめて、いろんな恨みをあちこちで買いまくったわけだ。だから本当の意味で、第三世界と言われてる国が近代化されて自分たちと肩を並べることなんか誰も歓迎してないよ。ただ、商売相手として信用できる程度に近代化して欲しいと思ってるだけ。

——なるほど。市場として共通のルールを共有して欲しいと。

押井：そうじゃないと投資先がないから。そういうことを抜きにして、理想から下ろしてきて国際関係とか政治を語っても何にもならない。それは歴史意識が足りなすぎる。歴史意識が希薄なのは日本人の風土なのかもしれないけど、それにしても「友愛の海」なんて言っていたら、お話にならないよ。「友愛の海」どころか血みどろの海だってば、歴史的に言ったって。

――鳩山（由紀夫）さんは歴史をあまり勉強していなかった？

押井：基本的に日本の政治家は歴史的教養が足りない。べつに本人がしなくてもいいんだよ。忙しくて勉強する暇がないなら、歴史に強いブレーンを側《そば》に置けという話だよ。大切なのは、そういう思考の枠組みを理解しているか？　それさえあれば特別な情報なんていらない。情報そのものはどこにでもある。

――見方の問題なわけですね。

押井：その気がなければ見えないよ、永遠に。その気があれば情報はいくらでも転がってる。そういうのを無視して、フェイスブック革命だとか言って喜んでる人間がどうかしてるんだよ。フェイスブックやらｉＰｈｏｎｅやらで世の中が変わるわけないじゃん。ネットが電力に依存してる限り、本当に戦争を始めた瞬間、変電所にトマホーク一発ぶち込んだだけで終わり。それは第二次大戦の時からなにも変わってない。衛星を介して世界に繋がっているとかそういう幻想もあるみたいだけど、地上局を維持できない衛星なんて何の価値もない。

――でも、民衆を集めてデモを起こす力まではあったわけですよね。問題はデモから先がなかった。これが現時点での限界？

押井：大衆行動主義の限界は、文革（文化大革命）でとっくの昔に判ってるんだよ。俺たちが高校生のときは文革の真っ最中で、俺の知ってた高校生活動家も毛沢東の赤い本を持って文革だ文革だってやってたけど、結局動員できたのは中高生だけ。中高生が大人を吊し上げる構造はヒトラーユーゲントと何も変わらないよ。親を告発するのはポル・ポトもやったし、ロシアでもやった。中国はそれを拡大再生産しただけ。その結果、なにを成し得たかといえば、文化破壊をやらかした挙句に、世代間にとてつもない傷跡を残しただけでさ、結局は権力闘争の尖兵にされただけ。内実は共産党内部の権力抗争だもん。終わってみれば四人組も全員処刑されて終わり。じゃあ、鄧小平だけがなぜあれだけ政権を長いこと維持できたのかって言えば、金儲けを許したから。結局は商売なんだよ。金儲けをするということを許した途端に全てが変わる。商売を保証してくれれば、どんな政権でも構わない。彼は歴代の共産党政権の中で初めてそれを公認したんだから。これ以上のモチベーションはない。

――どんなイデオロギーよりも結局商売が強いというのはリアルですね。

押井：それが現実なんだよ。それ以外に大衆行動主義の毛沢東だろうがなんだろうが、イデオロギーで勝利できた奴は一人もいない。中国共産党の創始者たちはみんな病死、獄死、処刑で、誰一人生き延びられなかった。天寿を全うできたのは毛沢東ぐらいのものだよ。

――でも、アラブの春ではそういうものを根底から覆す変革がＩＴによって起きるような夢を一瞬でも見てしまいましたけどね。

押井：そういうことで言えば、ポーランドに『アヴァロン』を撮りに行った時、ロケハンでグダニスクに行ったんだよ。そこに歴史的な演説をやった労働組合の建物もあるわけだ。そしたら分厚い台帳があって、めくってみるといろんな人間がそこにサインしてる。もちろん書記長をやってたレフ・ヴァウェンサのサインもあるんだけどさ。「お前もサインしろ」と言われたの。「俺がこんな歴史的なものにサインしていいの？」って、さすがに怯《ひる》んだんだけど。

――でもしたんですよね？

押井：したよ。ちゃんと犬の絵も描いた（笑）。で、そのグダニスクに行った時、地元のタクシーの運ちゃんを雇っていろんなところ行ったんだけど、その運ちゃんも「あの時代はよかった。俺もデモの先頭に立ったんだ」と懐かしそうに語るわけ。でも、そんな人間がいまタクシーの運ちゃんなわけだ。むこうでタクシーの運ちゃんって普通のサラリーマンの4、5倍の収入がある。助手席に女子高生の愛人乗っけてるんだからさ。

――えー⁉

押井：「あのお姉ちゃん誰？」って訊いたら「俺の娘の友達だ」って。嘘なんだよね。愛人なんだよ実は。で、それが途中で判っちゃって、通訳さんが烈火の如く怒っちゃって。それまでは民主化運動の頃の話とかしてて盛り上がってたんだけど、「なんだこいつは、この女子高生、愛人じゃないか。ふざけんな」ってさ。要するに、民主化運動の熱気なんて十年、二十年の単位でとっくに風化してる。政権を取ってみたはいいけど、金庫開けてみたら空っぽで、どうしていいか判らなかったんだから。かつてソ連から来ていた注文は全部なくなって街自体が冷え切っちゃった。製鉄所も七割ぐらいは休んでるし、あのドックもこのドックもみんな空っぽ。だから俺みたいな監督がロケハンに行っても、「ぜひ撮影に使ってくれ」って。たかだか十年かそこらだよ？　それでも民主化運動のロマンチシズムなんて跡形もないよ。成果物といえば、タクシーの運ちゃんになって稼いで、女子高生の愛人を作った男だけ。

――『アヴァロン』のロケハンということは1999年頃ですよね。それからさらに十年以上が経《た》った今はどうなんですか？

押井：また変わったよ、あれから。いまは要するにドイツの経済植民地だからさ。「すばらしい工場がいっぱいできたんだ。すごいだろう」って嬉《うれ》しそうに言うんだけど、全部がドイツ資本だからね。ドイツ人にしてみれば、ポーランドは未だにドイツだという意識が強い。ロシアの人間はロシアだと思っているし、そもそも国境線が十年、二十年で絶えず変わった国だからさ。だからこそ、文化的なプライドはすごく高いわけ。それしか拠り所がないからだよ。

――ポーランドはドイツ資本が入ってくることに抵抗はない？

押井：大歓迎だよ。雇用は生まれるわ、経済は上がるわ、ようやくミグと手を切ってF-16が入ったって、国を挙げてニュースをやってたよ。『スカイ・クロラ』のロケハンに行ったときにちょうどそのニュースをやってたんだけどさ、兵隊の兄ちゃんも言ってたよ。未だにPPSh（ペーペーシャ）使ってるんだって。「こんなの使いづらいし、ボロいし、嫌だ。AKですら嫌なのにPPSh持たされてるんだ。早くM-16持ちたい」って。日本人だって同じことを考えるよ。

――防衛の話が出たついでにお聞きしますが、東アジア地区での現実的な戦争が起きる危険性については、どう考えていますか？

押井：まあ、危ないと言えば危ないよね。いまのところギリギリでコントロールできてるけど、アンコントロールになる要素は絶えずある。あと十年、二十年、長くてもせいぜい二十年だろうと思うんだけどさ、俺の娘の代まで日本がこのままである保証はない。ましてや孫の時代にどうなってるかなんて判りゃしない。それは俺の範疇《はんちゅう》を超えてるから、どうしようもない。

——二十年後はさすがに押井さんも隠居生活ですね。

押井：本当に平和な老後を過ごせるかどうか。日本経済がもっとどん底に落ちる可能性だって高い。

——そういった大きな枠組みの中で、最初の話題に戻りますが、今回のTPP参加というのは押井さん的にはどういうふうに捉えているんですか？

押井：俺はべつにTPPをやるならやれば、というスタンス。ただし、やる限りはTPPの中身が何なのか正確に把握してね、という話。それを聖域がどうのこうのというレベルで考えている限りは、単にアメリカの思惑に流されてるだけ。受け入れざるを得ない宿命だとするならば、というか最終的には選択肢はそれしかないんだけど、だったら、せめてそれに便乗することを考えようよ、というさ。日本の柔道みたいに、結局は青い柔道着を受け入れるしかないんだったら、ちゃんとバーターで何か手に入れろと。

——なるほど。

押井：TPPみたいなものは一度回避したところで形を変えて必ずやる。日本の農業を守れないと判ってるんだったら、いつまでも米にしがみついてるんじゃなく、いまからどうするのか考えろよということ。現実問題、俺も含めて、今の日本人は週何回米飯を喰ってるか？　なにかの統計データではもうとっくの昔に50パーセントを切ってるとも言われてる。

そういう現実の中で、いつまで米にしがみついてるのか。俺に言わせれば、そもそも米作に走ったこと自体が……。

――そこまで遡るんですか。

押井：遡るよ。何度も言うけど、もともと日本って米作に向いてないんだもん。そういう意味で言えば基幹農作物に米を選んだ時点で日本の歴史は歪《ゆが》んだんだよ。労働集約型の共同体しか作れなくなっちゃった。未だにその遺制の中で生きてるわけじゃん。そこでは一番汗水流した奴が偉いということになっちゃう。結果主義じゃないわけだ。要するに、米だの飯だのに執着してる人間がね、日本人の精神を歪めたんだよ。

――すごいところまで話が行きますね。

押井：いや、そういう意味では日本人が飯に執着したから戦争にも負けたとも言えるんだよ。日露戦争では戦死した人間よりも脚気で死んだ人間の方が多いわけだ。それは米飯で、しかも白飯主義だったから。それを推進したのは誰だって言えば、森鷗外だよ。当時陸軍の軍医のトップだった彼が白飯主義で通した。だいたいね、飯盒炊爨《はんごうすいさん》なんかやってて戦争に勝てるわけないんだよ。毎日毎日飯炊いて、米抱えて米軍に勝てるわけがないだろうってさ。そんな甘い相手じゃないよ。

――そもそも日本における「米軍／米国」の当て字の「米」って何なんですか？

押井：あれは俺もずっと不思議なんだよ。とくに思惑があったわけじゃなく、単に発音を当てただけだと思うんだけど、皮肉な話だよね、実は日本陸軍こそが米軍だったんだから。

——敵に米軍という名前をつけた時点で負けてる感じがしますね。

押井：だから、米喰ってる限りダメなんだよ（笑）。何度も言うけどさ、日本という国は米作に向いてないんだから。そもそも日本が米に依存していた歴史なんて実はそんなに古くないんだよ。蕎麦《そば》、粟《あわ》、稗《ひえ》、芋も含めて雑穀を喰ってきた時間の方が長いんで。

——では、日本の米作信仰はどこから来てる？

押井：今ある米作信仰に関して言えば、ひとつには戦後の銀シャリ願望みたいなものが大きいよね。北海道の開拓に失敗したのだって無理やり北海道で稲作をやろうとしたからだよ。北欧型の牧畜に切り替えていれば、たぶんいまの北海道の姿は変わってる。そうするべきだったし、それを実践した人間もいる。でも誰が一番それを拒否したかって言えば、開拓農家が嫌がったんだよ。米を作りたがったんだよ、米を喰いたくて。

——思い入れの問題になってくると根深いですね。

押井：まあ、もはや文化だよね。あんな山奥に棚まで作って、執念としか言いようがない。もちろんべつの理由もあるんだよ。それはあまり語られてないけど、要するに天皇って米の王のことなんだよ。いまでも新嘗祭《にいなめさい》とか皇室に伝わる儀式ってほとんどが稲作に関わる儀式。要するに米作を強制することで大和政権は成立した。東北なんかかつては米なんか作ってなかったんだからさ。それを日本中に米作を強制することで租税を成立させた。貨幣がない時代に米しか租税の手段がなかったんだよ。だから天皇家というのは絶えず尊重され続けた。そういう意味で、米というのは非常に神聖なものだし、どの軍隊も田んぼには絶対踏み込まない。いまの自衛隊も水田には絶対に戦車は入れない。戦国武将たちも水田だけには踏み込まなかった。だから農閑期に戦争をやった。もちろん経済上の理由もあるんだけど、それだけ水田というのは神聖なものだったの。それはだから租税たり得た唯一の作物だったということもあるよね。米飯自体が食文化上、優位だなんて根拠はなにもないんだから。確かにある種の完全食品ではあるんだよ？　麦系の粉食に比べればカロリー効率は高いし、同じ単位面積で養える人口は全然違う。水田ってそれだけエネルギー効率が高いの。でも、根本的に日本には向いていない。台風も来るし。

――ちなみに、本来米作に適した国はどこなんですか？

押井：本来は米食文化って東南アジアのものだよ。タイなんてたいして手入れしなくても喰い切れないぐらい取れる。そもそも、いまの食文化で言ったら米なしで生きられませんなんて日本人は、炭水化物大好きな一部の人間ぐらいのものでしょ。食料の自給を考えるんだったら、もはや米作単位で考えたってしょうがないんだよ。かつて宮さんと一緒に北海道を回ったことがあるんだけど、そのとき、捨てられた開拓農家をどれだけ見たか。みんな廃屋だよ。ぞっとする光景だよ。

——それは無理に稲を作ろうとして？

押井：大半は数年しか保《も》たずに惨めに敗退した。問題はなにかと言えば、エネルギー効率から考えて、牧草とかを粗放にして家畜単位でエネルギーを回すのがいいのか、稲作ベースで回すのがいいのか、誰も厳密に検討してないってこと。少なくとも、俺はそういう説明を聞いたこと一回もないよ。真面目に食料自給ということを考えるんだったら、米作というベースで考えること自体が間違ってるんだよ。

——ＴＰＰが今後どうなっていくのかは判りませんが、日本の米信仰もそろそろ根本から見なおさなければならない時期に来たということですね。

押井：いまの加工技術で考えたらいろんなものがベースになるんだから、粉食文化というのを真面目に考えた方がいい。備蓄上も有利だし。米なんていくら詰め込んだって古米になって、どんどん劣化するだけ。どんなに賢く保存したって三年で喰えなくなる。そもそも種子状態で保存すること自体がどうかしてる。全部サトウの真空パックにして保存するのかという話でさ（笑）。

第19回「ぼすとん」（ボストン・マラソン爆弾テロ事件）

ボストンの爆破テロをめぐって、すでに（ネットの一部では）陰謀説が喧《かまびす》しいようです。

いつの時代でも、それこそリンカーン大統領の暗殺からパールハーバーまで、この種の陰謀説は常に語られてきたのであって、それがネットという媒体の登場によって、ほぼリアルタイムに加速されたのだ、ということなのでしょう。

今回の事件がチェチェンの兄弟によるテロなのか、それともアメリカ政府の一部が計画し、演出した政治劇なのか。

ことの真相は、与えられた情報のみで判断することはできません。

いつも言っていることですが、判断できないことは保留しておけば良いのです。

保留という行為は思考停止ではありません。

陰謀であったにせよ、そうでないにせよ、重要なのはボストンという政治的にも経済的にも、もちろん軍事的にも中立的な都市で――つまり従来ならテロの標的になり難い都市で

――爆破テロを起こすという行為が、どちらの側からも要請され、しかも可能であったという事実だけでしょう。

海兵隊の基地でも、大使館でもなく、経済の中枢が存在するわけでもない、しかもどちらかといえば話題としてはマイナーに属する、マラソンというイベントを舞台にしてテロが実行された（演出された）という事実は、それ自体として注目に値するからです。

いまや先進国のどの都市であっても、テロの脅威から無縁ではあり得ないという事実は、これは純然たる新しい状況を示唆していますし、それがグローバリズムの進展と相応関係にあることも明らかでしょう。

笠井潔さんなら、今回の事件を「例外社会における世界内戦の実態の露呈」だと語るのではないでしょうか。

実現されなかった第三次大戦としての冷戦が、アメリカの勝利によって終結した後の世界は、一国支配による暫定的平和ではなく、内戦の時代に突入するだろうことは、9・11によってすでに明らかになっていました。

そしてその内戦状況は、遠いイラクやアフガンや、それこそチェチェンだけでなく、世界中のどの場所で演じられても不都合ではなくなったのです。

今回の事件から読み取るべきは、その事実だけであって、その事実がチェチェンの兄弟の暗い思念の内部に拠って醸成されたものであろうと、政府関係者に拠って綿密に計画された作戦であろうと、実は同じことなのです。

少なくとも内戦の両極に位置する陣営の人間にとって、それは政治目標として同じ価値を持っていたということなのですから。

あの日から、内戦はすでに始まっていたのです。

気がつくのが遅過ぎたくらいだ。

陰謀論と呼ばれる思考の致命的弱点は、自ら設定した可能性を累乗することで、総体としての可能性は実は低減する筈なのに、むしろ真実である可能性が漸進的に増大すると錯覚する点にあります。

自ら設定した陰謀というフレームに頭からのめり込んでしまえば、それ以外の情報が無意識に選別され、遮断されてしまうのは当たり前の話です。

判断保留という選択によって、フレームの制限から距離を置くことでのみ、正しい事実関係の認識に近づくことが可能となります。

流布された情報を疑うのなら、専門家はもちろん、関係者や当事者の証言なるものこそ最も疑わしいと考えるべきでしょう。陰謀論者は、むしろ疑うという行為において不充分であり、むしろナーバスであるというのは皮肉な話です。

真相は判りません。

いや、真相は判らなくて良いのです。

誰であれ――それが独ソ戦開始直前のスターリンであっても、ミッドウェーの機動部隊指揮官であっても――所与の情報によって判断するしかないのが人間であり、人間が人間である限り、歴史の真実なるものはついに明らかにされることがないのです。

そのことに拘っている限り、見るべきものを見逃すことになるでしょう。

少なくとも現今の世界にあって、ある事実と、そのことに関わる情報は常に別物であり、別物であることによって、異なる意味と価値を持つのですから。

第20回「さあ」(アレックス・ファーガソン監督引退)

「さあ」と言えば「サー・アレックス・ファーガソン」です。

本当に辞めちゃったんですね、マンUの監督を。

死ぬまでやるのかと思ってました。

ハッキリ言って嫌いでした。

「サー」がつくような、つまりイギリス貴族なんてロクな奴じゃないと決め込んでいたのですが、実は彼自身は労働者階級の出身で、一代限りの爵位だったんですね。

ビートルズと同じです。

でも貴族じゃないと判ってからも嫌いでした。

なんかこう「権力者」のイメージだったし、やってるサッカーも好きじゃなかったし、そもそもマンU自体が大嫌いでしたから。

読売巨人軍が大嫌いなのと同じ理由です。

だからバルサもレアルも大嫌い。

バイエルンもそれほど好きじゃありません。

要するに自己評価が高くて、自他ともに「名門」と呼ばれることを好み、己のポリシーを疑わないような、そういう尊大さが鼻につくし、「勝って当然」みたいな周囲の言動も気に入りませんでした。

勝負事の醍醐味《だいごみ》は「番狂わせ」ですから。

常日頃から「勝つべき存在が勝つべくして勝つ」のが大好きだ、と言ってることと矛盾しているようですが、実はそうでもありません。「勝つべき存在が勝つべくして勝つ」ためには、傍目《はため》からそうは見えなくとも、常に例外状況を想定し、戦う相手に対する複数の対処手段を準備しなければならず、つまり勝負事には「例外」しか存在しないことを理解している必要があるからなのです。

それが傍観している人間には見えにくい、というだけのことなのです。

覇者と呼ばれる存在は、米軍からモウリーニョ時代のチェルシーまで、そのことを熟知していますし、それを忘れて名門意識に凝り固まり、勝ち方にまで注文をつけるようになればどうなるかは、巨人軍やレアルの凋落《ちょうらく》ぶり、永遠のトップ4たるアーセナルを見れば、すでに御案内の通りです。

勝つためには「勝つことに特化する」ことが必須条件であり、それ以外の余計な美意識を優先すれば「驕《おご》る平家は久しからず」です。

「こうやって勝ちたい」はあり得ません。

「サー」ことアレックス・ファーガソンの話でした。

癇癪《かんしゃく》持ちで、顔を真っ赤にして怒るようなところは、死んだ師匠にそっくりで、そんな師匠が大好きだったのですから、好きになってもよさそうなもンなのですが、なぜ好きになれなかったのか、不思議といえば不思議な話です。

尊大という意味で言うなら、モウリーニョの方が遥かに尊大ですし。

なにしろ「スペシャル・ワン」を自称しちゃったりしますから、あの人は。

彼が辞任したいま、つらつら思うに、望むと望まざるとに拘わらず、ファーガソンという監督がマンUというクラブの象徴的存在であり続けたからなのかもしれません。時代ごとに選手は変わり、エースストライカーも交替しますが、監督は常にファーガソンでしたから。

そのぐらい延々とマンUの監督を務めてきた、ということなんでしょうが。

ある時期までは実体のない「マンUのサッカー」に拘っていたかもしれませんが、モウリーニョにコテンパンにやられてから、変わりましたから。どれだけ批判されてもクリスティアーノ・ロナウドを使い続けたり、先手を打って世代交代を図ったり（これは時期尚早でシーズン半ばに軌道修正)、むしろ時代の流れを読んで変化しようと心がけていたようにも見えました。

まあ、ヨーロッパでは勝てませんでしたけど。

いまはブンデスの「速い攻め」のサッカーに、他のリーグが対応できてませんから。

面白かったですねえ、CL(チャンピオンズリーグ)準決勝のドイツ勢対スペイン勢の、全く同じようなワンサイドゲーム。

またまた話が逸れましたが、試合後のセレモニーを見てて思ったことがひとつあります。

それは監督にとっての晩年とは何か、というテーマです。

輝かしい実績と、賞賛の声と、名誉に包まれて惜しまれながら引退し、その後の人生をいかに生きるのか。

まあ、僕自身はそれほどのもんじゃありませんが、そろそろ賞味期限が迫ってると言われているようですし、全くの無関係というわけにもいかない主題ではあります。

かつて師匠は「アニメ監督は生涯の職業ではない」と語っておりました。

齢《よわい》五十を過ぎたら現場を離れて文筆の道を進みたい、とも洩《も》らしていましたが、ついに現場を離れることなく、若い日の業績を全否定して児童アニメに専心し、暇を見つけては映画を見て歩き、その心変わりの理由を明らかにすることのないまま急死してしまいました。

大きな宿題を渡されたまま、放り出されたような気分です。

まあ、人生に答え合わせはありませんが。

サーの晩年はどうなるのでしょうか。

マンUと縁が切れることはないでしょうから、院政を敷いてモイーズを遠隔操縦するつもりかもしれません。あるいはアメリカ資本からマンUを買い戻す、例の「レッド・ナイツ」の活動に専念するつもりなのか。

栄光の実績も賞賛も、監督の晩年を満たすことはないでしょう。

気になることではあります。

第21回「かんぬ」(是枝裕和監督第66回カンヌ国際映画祭審査員賞受賞)

是枝監督、おめでとうございます。

別に面識もないし、おめでとうと言われてもしょうがないでしょうが。

でもいずれは受賞するだろうと思ってました。

なぜかといえば、是枝さんはカンヌが世に出した監督だからです。

こういう言い方すると誤解を招くかもしれませんが、少なくともカンヌのおじさんたちは、そう思ってる筈です。是枝はうちの監督だって。

そういうことって、あるんです。

ウォン・カーウァイとかもそうだし、たぶん『萌の朱雀』のオバさんとかもそう思われてるでしょう。うちの映画祭が世に出した監督だって。自分たちが見出した監督なんだから顕彰に値するし、うちの映画祭はそれだけの権威を持ってるんだという証明みたいなもんです。

念の為に言っておきますが、これは『イノセンス』がコンペで無冠に終わった僻みとか妬みとかで言ってるわけじゃありませんから。

ホントだってば。

カンヌに二回、ヴェネチアに二回、それだけ行ってれば、よほど迂闊《うかつ》な人間でない限り誰でも（僕でも）気がつく程度のことです。

映画祭ってそういうものなんです。

少なくとも、そういうこともあるんです。

『イノセンス』を持って行った時、カーウァイの奴ってば、まだ現地で出品作の編集やってましたから。上映に間に合うかどうかって、現地で評判になってたから知ってるんだけど、そんなことがなぜ許されるのか、当時は不思議で仕方ありませんでした。映画祭の出品作ってのは、事前に審査やら書類の提出やら面倒なことが山ほどあって、未完成の作品が持ち込まれるなんてことは、どう考えてもあり得ないことなのです。それがなぜカーウァイに限って許されるのかと言えば、それは彼が「カンヌの監督」だからなのであって、それ以外に考えられません。

当時はアタマに来ましたね。

あいつが愚図々々と編集してたおかげで進行がベタ遅れ、『イノセンス』の上映もそのアオリを喰らって遅れに遅れ、僕らは海岸通りに停車したリムジンで延々と待機させられた挙句に、時間の遅れを取り戻すためとかで、セレモニーも大幅に短縮されちまったんですから。セレモニーなんかどうだっていいんだけど、そのせいで娘と一緒に赤絨毯《あかじゅうたん》を踏めなかったことは痛恨の極みでした。

せめてもの娘孝行にと、日本から帯同したのに。

おのれウォン・カーウァイめ、いつかコロしてやる——と、そう思いましたね。

そういうわけで、僕にはカンヌおよびカーウァイに恨み事を言う権利があるのです。

まあ、いまとなっては、どうでもいいことなんだけど。

映画祭に限らず、ノーベル賞からドッグショーまで、コンテストとか顕彰するとかいう行為には「権威」というものが必須です。

そうでなければ、それこそ貰っても有難みも何もありませんから、当然と言えば当然のことなのですが、「権威」なるものが必要な一方で、同時にある種の「サプライズ」「意外性」もまた必要になるのが、顕彰という行為の面白いところでもあります。

なぜ「サプライズ」が必要なのかと言えば、「権威」が必須であるのと同じくらい、その「権威」なるものが単なる「保守」や「頑迷」とは異なることを証明することもまた、「権威」を維持するためには必要なことだからです。「権威」は必要だが、それは価値観の刷新を否定する「旧守」や「頑迷固陋《ころう》」とは一線を画さねばならず、自らはその時代の基準たるべき「権威」であることを内外に示さなければならない。そのためには世間の耳目を集める「意外性」が常に求められる——そういう理屈なのです。

「権威」なるものの再生産に、必須のプロセスだと言ってもいいでしょう。

「アジア映画」や「アニメ」にお声がかかるのもまた、同じ理由によるのです。

自分たちは時代遅れの価値観にしがみつく「旧守」ではない——それを示すために「周辺の映画」にも理解を示す、そのことを内外に示すための裁量枠に収まっているだけなのですから、招待はしても受賞させるなんて気は端からないのです。

アジア映画はともかく、いかがわしいアニメはねえ……もうちょっと様子を見ましょうか、なんて水戸黄門やってる間に、当のアニメのポテンシャル自体が落ちちゃいましたけど。

たとえばノーベル賞なるものが、小国スウェーデンが年に一度、世界に存在感を発信する政治的メッセージの場であるのと同じようなものです。

特定の人間や業績を顕彰するという行為に、この種の政治性はつきものです。

それを良しとするかどうかは、また別の問題です。

かつて「カンヌ粉砕」を呼号してカンヌに殴り込みをかけたゴダールも、僕がカンヌに行ったときには最新作を出品してましたから。

時代が変わったのか人が変わったのか——感無量でしたね。

まあ、娘と一緒にその最新作を見ることができたから、それはそれでまた感無量でしたけど。

考えてみればオリンピックもCLも似たようなものだし。国際オリンピック委員会やUEFAの権威なんて誰も認めちゃいないだろうけど、金メダルやビッグイヤーを目指して研鑽《けんさん》を積む行為、それ自体は否定できませんから。

いまもなお「賞」なるものは世の中で一定の役割を果たしていることは確かだし。

で、まあ結論としては

ソーリーソーリーでありがとう。

ムチャチャ　ボニータ　テタス　グランデ。

結局最後はまーいいや。

これ全てオトナの事情、というより成熟と呼んで戴きたい。

最後に是枝監督、おめでとう。

受賞から時間も経ってないのに、水を差すようなもの書いてすみません。

でも読みたい人がオカネ払って読んでるメルマガだし。

決して、僻みでも妬みでもありませんから。

ホントだってば。

第22回「おりんぴあ」（オリンピックの種目騒動）

どの種目が生き残るか、野球はどうだレスリングがなぜとか、いろいろ喧《かまびす》しい限りです。ハッキリ申し上げて、オリンピックなんぞ冷戦の終わった今日《こんにち》、その政治的背景を失ったまま惰性と郷愁で持続しているだけで、スポーツ関係者を除けば、もはや過去のものに過ぎません。歴史的使命を終えた万国博覧会みたいなもんです。

世界的スポーツイベントと言えば、これはもう観衆の数から言っても、本気度から言ってもワールドカップしかありますまい。

明らかに四年に一度の代理戦争ですし、とにかく織田裕二の出る幕なんぞありませんから。どの種目を残すかの基準は、もはやひとつしかありません。

単独で世界レベルのイベントを開催できないスポーツだけ残せばよろしい。

たとえばサッカーはこれはもう、誰一人望んでいないのですから、即座に正式種目から外すべきでしょう。国内リーグにカップ戦、ＣＬにＥＬ、ワールドカップ予選と、ただでさえ試合数が増えてハードスケジュールになってるのに、四年に一度とはいえ選手を代表戦に出すなんて、クラブが許しません。ケガでもされたらどーする、高いカネ払ってんのに。どうせ年齢制限ありの二線級の大会になってますし、選手レベルでの獲得目標が大幅に低下しているのですから、やめても誰も困りません。

UEFAはもちろん、サポーターも本音では同意する筈です。

メダル取れなくてもワールドカップじゃないからいいや、だったらやらなくて良いのです。

陸上競技のあらかたも、競泳も同様でしょう。

そもそも記録系の競技は、その選手の競技生活のピークを四年に一度のチャンスに合わせること自体に何の根拠があるでなし、不合理極まりない遺制に過ぎません。隔年で世界大会を開くだけの組織力も経済力もあるのですから。

金メダル以外に獲得目標が持てない、などという精神構造自体がスポーツマンとしてどうよ、というお話です。

近代スポーツそのものが、その出発点からしてナショナリズムと不可分であったのですから、背負うべきイデオロギーが消滅したのだとするなら（明らかに消滅したのですが）、金色のメダルに残された価値は商業主義以外にありません。

しかも、それとてほんのひと握りの選手をセレブにするだけであって、冷戦時代のように英雄になるわけでもありません。

　あのジャボチンスキーだって、いまは失業者としてモスクワの安アパートに逼塞《ひっそく》しているのですから。

　選手生活を終えて、これから第二の人生をいかに生きるかを考える時に、金色のメダルが名誉以外の何を保証してくれるのかと言えば、良くても協会の理事の席くらいのものでしょう。本来なら、ピークを越えて競技生活を終えた、その先の人生に役立つものであってこそのスポーツの筈です。建前だけでもスポーツの価値を語るのなら、金色のメダルの呪縛から自由であるべきです。

　そういうわけで、プロスポーツとして成立している種目にはあらかた退場して貰うとして、ではどんな種目を残すべきでしょうか。

　たとえば陸上でいえば、十種競技や近代五種は、これはスポーツの本質的な要素を網羅した競技なのですから、保存するという意味合いにおいても必ず残すべきです。砲丸投げ、ハンマー投げ、円盤投げ、やり投げ等の投擲《とうてき》競技は、これはトラック競技と異なって人間にのみ可能な運動なのですから、医学的観点からも保存されてしかるべきでしょう。走る、跳ぶ等の能力は、どうせ動物には遠く及ばないのですから、夢だロマンだの対象ですらありません。後世の人々からすれば、人間の中で誰が一等賞かを競っていただけの酔狂と見做《みな》されても不思議ではない。

いくら速く泳いだところでマグロに遠く及ばず、ウミガメ以下だという意味において、競泳も同じことです。浮かび続けながら敵と戦い、ルールと戦う水球のような、きわめて文化的に有意義な競技に比べれば、その競技としての優劣は明らかです。

日本人が大好きな体操も、所詮はチンパンジーの運動能力に及ばないでしょう。

人間の運動能力の限界を云々するなら、人間同士の能力を問うても無意味です。

乗馬、射撃、ボート等の、民放では結果しか放送されず、NHKすら二の足を踏むような競技、あるいはフェンシングやレスリングのような歴史的競技こそが、オリンピックという晴れの舞台を必要としている筈です。

なんだマイナーな競技ばっかりじゃん、という貴方。

そう、テレビの前にいる貴方のことです。

メジャーと呼ばれているような競技が、なにゆえにメジャーたり得ているのか、その答えがその場所にあるのです。

文化としてスポーツを考えるのなら、テレビなんかカンケイありません。

そもそもスポーツそのものが、それぞれの専門性においてピークとしての個人を必要とすることに、何の根拠もないのですから。

冷戦の終結とともに、オリンピックの歴史的使命の大半は終了しています。

残されたテーマがあるとするなら、スポーツの文化的価値を保存し、四年に一度発表するための舞台として存続させることであり、それ以外にありません。

最後に柔道について一言。

全柔連は直ちに国際柔道連盟を脱退し、オリンピックはもちろん、世界大会からも撤退して「JUDO」との腐れ縁を切って、武道へ回帰すべきです。

柔道を志す者たちのために必要だと考えるなら、日本において、日本独自のルールによって、オープンな国際試合を開催すればよろしい。

フランスも中国も韓国も、勝手にやらせておけばよろしい。

勝負は一本勝ちのみ。

時間無制限。

なんでもありのガチですが、ヒカリものはなし（当たり前だ）。

金色のメダルが最高の栄誉だなどとは、武道としての自殺行為です。

最後の最後に。

近代スポーツの何たるかを真面目に考えてみようと思う貴方には、兵頭二十八さんの『日本人のスポーツ戦略』をお薦めします。

近代スポーツの本質、その正体を理解する上での必読書です。
個人的かつ無償的宣伝でした。
アマゾンをワンクリックするだけで、目からウロコの保証つき。

第23回「ぜろ」(宮崎駿監督『風立ちぬ』公開)

「あれが君のゼロかい?」

「ゼロ」とは、もちろん零式艦上戦闘機のことです。

年末には『永遠の0《ゼロ》』も公開されるし、本物の零戦も里帰りしたことだし、なんとなく今年は零戦の年のようです。

ジブリの悪口を掲載できる、日本で唯一の雑誌『TV Bros.』の依頼で、東宝本社の試写室に行ってきました。そういえば『アリエッティ』も『ポニョ』も、同誌の依頼で見た記憶があります。何を喋《しゃべ》ったかは思い出せませんが。

試写室のポスターを見て一驚しました。

主役が人間です。

「ヒロインの少女を除いて登場人物は全員豚」方式だと思い込んでいたのですが、なんと登場人物全員が人間でした。舞台は戦前の日本だし、実機も出てくるので、さすがに登場人物が豚では世界観が破綻すると考えたのか、遺族の心境を慮《おもんぱか》って堀越二郎を豚にするわけにはいかない、と判断したのか、あるいはその両方なのか、よく判りませんが、とにかく人間です。

それがどうした、と思われる方もいるでしょうが、少年や豚（や中年男）を主役として描き続けてきた監督が、青年を主人公に据えるということは、これは実は大変な決断を要することであって、僕もまた「戦う女」と「オヤジ」のみを主役にしてきましたが、「青年」を主役に据える度胸は未だにありません。青年を主役に据えるということは、つまり否応《いやおう》なくそこに自分の中のある部分――理想化された自分を描くことに直結する可能性が高く、きわめてキケンな香りがするからです。豚や少年と違って、「人間の青年」には逃げ道がありません。

宮さん、大丈夫かしら、と他人事《ひとごと》ながら心配しつつ、幕が開きました。

※以下、初見の印象を大事にされる方は読まないことをお奨めします。

零戦の設計者である堀越二郎の若き日の物語であり、堀辰雄へのオマージュを込めた作品でもあるようです。映画の冒頭には、堀辰雄訳によるヴァレリーの「風立ちぬ」の一文が掲げられていますし、エンディングにも堀越二郎の遺族および堀辰雄に敬意を捧げる旨が表記されています。

宮さんの映画に、この種のオマージュが掲げられることは珍しいことですが、中身の方はといえば、要するにいつもの宮崎映画です。

相変わらず達者なもので、シークエンスの作り方の巧さには、思わず唸《うな》りたくなりますが、構成とか構造というものがありません。思いつくまま、気の向くままに物語は展開し、それらしく登場する脇役たちは落とし所もないままに放置され、ドラマは突如として盛り上がり、そして終局を迎えます。

ただ一点、いままでの宮崎映画との違いといえば、男女の恋愛を正面から、堂々と描いたことでしょう。

宮さん、ついに色気づきました。

おそらく日本のアニメ史上、最もキスシーンの多い作品でしょう。

新婚初夜のドキドキまで描かれています。

カプロニもユンカースも、九試単戦も吹っ飛びます。

零戦の映画だと思って見に行くと、古典的な恋愛映画でビックリ。

いつものジブリ映画だと思って子供連れで出かけたお母さんたちは、子供たちの目を塞ぐべきかどうかで、悩むことになるでしょう。

まあ、そのかわりにタップリ泣けるかもしれませんが。

いったい何があったのでしょう。

ド近眼で、ヘヴィスモーカーで、仕事から離れられない堀越二郎青年はもちろん、宮崎駿その人です。婚約者の自宅の庭から忍び込んだり、駆け落ち同然で上司の家へ逃げ込んで結婚したりの大活躍です。かくありたかったであろう青春の日々を臆面もなく描いていて、見ているこちらが赤面しそうです。

だから「青年」はキケンなのです。

いつもの「少年」というカムフラージュも「豚の仮面」もないのですから。

もはや開き直ったとしか、考えられません。

誤解のないように言っておきますが、これは大変に結構なことです。

「子供たちのために作る」などという大義名分・建前を離れ、自らの欲望の赴くまま、リビドーに導かれて描くことは映画の基本です。

映画とはつまり、欲望の形式なのですから。

ただ問題なのは、その欲望の行き着く先がどこなのか——それだけです。

試写に同行した某VFXスーパーバイザーのS君（私の相棒）は、これはいつもの「老人の繰言《くりごと》」でなく「老人の睦言《むつごと》」だと喝破しましたが、僕もその意見に全然同意いたします。

青年の姿を借りて演じられた、これは老人のエロスの世界です。

当然の如く「死の影」も見え隠れしています。

かつて樋口真嗣は、その独自の「パンツ理論」を援用して、かく語っておりました。

宮崎駿はパンツを下ろしそうに見せて、実は決して下ろさない、その手つきが天才的な監督。

庵野秀明はパンツ下ろしたらヘンな★★が丸出し。

あんた（押井）はパンツ下ろしたけど、作りものの★★だった詐欺師。

まあ、パンツの中身を見たい観客がどれほど存在するかは疑問ですが、当たっていないこともない、なかなか秀逸な比喩ではあると感心したものでした。

老境に突入した宮さんの「エロスの暴走」が、どこを目指すのか——。

刮目《かつもく》して待て。

やはり目の離せない「もう少し見ていたい同時代の他人」ではあります。

ちなみに、僕は零戦はそれほど好きではありません。

大戦中の日本機の最高傑作は、といえば、これはもう川崎の三式戦「飛燕」でしょう。

動力降下で空中分解するような、ヤワな機体じゃありません。

まあＤＢ６０１のコピーであるハ40がまともで、マウザーの20ミリを載せていればの話ですけどね。

第24回「かがわ・ながとも・ほんだ」（日本代表サッカー選手）

いかなる分野においても、初代というのは存在それ自体がテーマだというのが僕の持論です。

例外はありません。

死んだ師匠も含めての話ですが――アニメの世界においても創始者たちの世代は、いわば自己完結的にテレビアニメという世界を作り上げ、その本質を極めてしまった世代であり、その弟子に当たる僕らの世代はと言えば、その作り上げられた世界の中で自分たちのテーマを見出そうともがいていたように思います。

「口パクから目パチに至るまで、テレビアニメの演出と呼ばれる技術の、その95パーセントは俺たちが発見し、練り上げたものだ。お前たちはそれを受け継いだ上で、十年後に続く連中に、受け渡すべき何かを作り出したと言えるのか」と、師匠は折に触れて繰り返し口にしたものでした。

作家性とか、個性とかの話じゃありません。

「言って聞かせ、やって見せ、やらせて判らせる」（織田信長だっけ？）という類の、文字通りアホでも真似できる「技術」のお話です。「ロパク」だの「目パチ」だのは、それこそ「動かすことの苦手な」「デッサンに不自由な」アニメーターにだって描けますから。もちろん「指導力に乏しい演出家」にだって、タイムシートの操作でいくらでも演技の間合いを生み出すことが可能な、いわば魔法のようなテクニックです。

足軽鉄砲隊の組織化と同じです。

「それを技術と呼ぶんだ」と、師匠の講釈が続きます。

「セルハーモニー」から「背景替え」「ストロボ」「中ＯＬ」に至るまで、全て師匠たち創始者の世代の発明です。

まあ、一言もありませんでしたね。

そんな結構な技術は、ついに何ひとつ発明できませんでしたから。

すでに出来上がったところから始めるのが第二世代の宿命とはいえ、これはなかなか辛いものがあります。

「荒削りで独創的な初代」に続く、「洗練された凡庸な二代目」としては、反撃したくとも、その手段自体が所与の技術なのですから、「いかにもがけど、せんなかるまいに」（つげ義春）と、少女に首を捻《ひね》られて引導を渡されたカモ同然です。

やれそうなことと言えば、ストーリーやキャラクターの造形くらいのものですが、これまた「20分で完結する語り口」から「例の五人組」の構成原理に至るまで、要所はすでに初代たちの手で、ほぼ完成の域に達しています。

初代演出家の方々は、折からのアニメブームに乗って映画に進出し、それこそ「作家性」にまで手を伸ばしたのですから、これはもう二代目としては、グレるしかありません。

そういうわけで、僕は「変則的演出家」となり「問題児」といわれる監督になった次第なのです。

師匠の禁令を犯して、小説も書き、それどころか実写や舞台や万博までカントクしちゃいましたが、これ全て特権的存在である初代のしからしむるところでもあったのです。

というわけで、本題に入ります。

サッカーの日本代表チーム、相変わらず「勝つ予感」というやつが、サッパリ匂ってきません。

こないだのコンフェデ3連敗（惨敗）の以前から、今回もやっぱりダメなのと違うか、という雰囲気が漂っています。

それはなぜかといえば、要するに彼らには「テーマ」というものが感じられないからなのです。

いつも言っていることですが、勝負事には明快な獲得目標が必要であり、その基準となるものが即《すなわ》ち「テーマ（主題）」なのです。このテーマなるものはチームにとっても、個々人のプレイヤーにとっても、そしてもちろん監督にも必須のものであり、テーマなしに試合に臨むなどということになれば、そもそも「勝負」それ自体が成立しなくなります。

あのヤクルトスワローズに黄金時代をもたらした広岡監督も言っていましたが、「調子で試合をやってるから最終的に勝てない」のであり、「負けるべくして負けるゲームをいかに受け止めるか」が重要なのです。

「ブラジル戦に必勝」なんてのは、もちろんテーマたり得ません。

アナウンサーや解説者が絶叫する「負けられない一戦」なんてのも、もちろんダメに決まってます。そもそも「負けられない」なんて言葉を口にしている時点で問題外であり、試合以前の準備段階で明快に示され、実現されるものをテーマと呼ぶのです。

ザッケローニにはどうやら確たるテーマが存在しないらしいので（就任以来の発言を聞いていると、そうとしか思えない）日本代表にはチームとしてのテーマもない、となると残るのは個々のプレイヤーのテーマだけということになります。

困ったことに、これが全く感じられない。

もちろん歴代の代表選手たち、全員にテーマがあったわけではありません。

それが僅かながらでも感じられたのは、あのトルシエが監督だった時の世代でしょうか。もちろんトルシエが明快なテーマを設定した、などというわけではありません。彼が語っていたのは「個々人の能力で勝てないからチームプレイで戦う」という、判りやすいだけが取り柄の、凡庸そのもののような言葉だけでしたが、例の「フラットスリー」を含めたトルシエのわけの判らない戦術に対する反発が、一部の選手に自前のテーマを促したとも言えるでしょう。

その急先鋒が、中田選手でした。

また中田贔屓が始まった、と思われるでしょうが、いま少し聞いて戴きたい。

いまにして思えば、1998年ワールドカップフランス大会のピッチに立った時に、誰もが驚いたあの金髪がその証明でした。海外移籍を狙ったミエミエの目立ちたがり、とも言われましたが、それも含めた上で、僕にはあの頭が「チームにテーマがない以上、オレは自分の獲得目標を勝手に決めたぜ」という意思表示に思えました。

ワールドカップ日韓の時にも「(オフサイドを狙って)手なんか上げてる場合じゃねえ」とDFの宮本に罵声を浴びせたの浴びせないのと伝えられましたが、要するにチーム全員を敵に回しても貫徹すべきものを「個人のテーマ」と呼ぶのです。

いまの代表チームに、あの時の中田のようなテーマを持つ選手がいるでしょうか。インテルの長友、マンＵの香川、ＣＳＫＡモスクワの本田――と、中田の時代と比べれば海外のビッグクラブでレギュラーを張る選手は増えましたが、彼らにはそれぞれのクラブチームで、「優秀なパーツ」として機能するという以上の、個人としてのテーマを持ってプレイしているという印象は希薄です。

優秀であることと、戦える選手であることは、自ずと別の問題です。

もしかしたら、彼らには全盛期の中田以上の技術があるのかもしれませんが、中田が発散していたような「孤立して一人になっても自分のサッカーをする」といった、ギラついた匂いはありません。

中田をリスペクトし、同じ金髪頭で突っ張っている本田クンも例外ではありません。いつだったか、この二人の対談をテレビで見たことがあるのですが、気負いの感じられる本田クンを前に、中田が困ったような表情を浮かべて微笑しているのが印象的でした。

ああ、こいつ判ってねえな――そう思っていたのでしょう。

かつては世界の舞台でプレイすること、それ自体がテーマたり得ていたのでしょうが、いまや海外でプレイすることはそれほど珍しいことではなくなりました。

かつて「世界で活躍する」ことは、「サッカーという渡来競技」の本質に触れるための必須の過程だったのかもしれませんが、今は選手生活の目標のひとつに過ぎなくなった、ということなのでしょう。

要するに、彼らには背負うべき「物語」が欠落しているのです。

この違いは決定的です。

もちろん、そのことは彼らの怠惰でもなんでもなく、「テーマ」というものは時代の制約を離れては存在できないものなのだ、という言い方もできるでしょう。

彼らもまた、先人の切り開いた地平で事を始めたのであり、二代目の宿命から自由ではあり得ないのですから。

この辺の事情はサッカーだけでなく、同じく「渡来競技」である野球も同様です。もはや野茂やイチローのような野球選手は現れないでしょう。

いかなる分野においても、初代というのは存在それ自体がテーマであり、例外はない、と冒頭に書いたのは、そのことなのです。

なんなら「テーマ」という言葉を「動機」と置き換えた方が、判りやすいかもしれませんが――。

ちなみに「大胆で独創的な初代、凡庸な二代目」という言い方がありますが、では三代目はどう評価され、どのような自己実現があり得るのでしょうか。

興味のあるところではあります。
他人を眺める上での、目下のテーマと言ってもよろしい。
何のことか判らないでしょうが、その成果を披露する機会があるかも――。

第25回「さんいんせん」（2013年参議院選挙）

以前にも書きましたが、選択肢のない選挙は、縁日の茶碗博打以下のペテンです。茶碗博打を知らない方のために解説すると、三つの茶碗をチャカチャカ動かして、ひとつだけ入っているアタリに賭けさせる、確率3分の1の単純なバクチです。

当たれば倍返し、ハズレは胴元の総取り。

胴元のテクニックを凌駕《りょうが》する驚異の動体視力があれば、あるいは何も考えなくとも、33パーセントの確率で勝利する可能性があります。

ジャッキー・チェンの『酔拳』でお馴染《なじ》みの、おそらくは中国起源の原始的な博打です。

まあ、どの茶碗にもアタリが入っていない可能性がありますし、あなたがジャッキーでないなら、暗い道を歩かずに帰宅する慎重さも必要ですが。

がしかし。

自民党に投票するか、それとも棄権するか――この二者択一しかない選挙を、誰が自由選挙と言えるでしょうか。

無能ぶりを曝《さら》け出した民主党を、それでも信じるという奇特な方々、もしくは利益享受者は別です。

この21世紀に共産主義を信奉する頑迷な人々も別です。

慎太郎やハシモトにやらせてみよう、というヤケクソな方々も別です。「国民の生活が第一」とか「みんなの党」とか——以下略します。

投票率が最低だったのは、むしろ選挙民の感性が正常であったことの証明でしょう。

投票しない、という行為は最後の選択肢ですから。

それでも単独過半数はとらせない、という絶妙のバランス感覚は、これはもうさすがと言うしかありません。とりあえず様子を見ましょうか、という水戸黄門式のバランス感覚は、戦後民主主義の唯一の美徳かもしれません。

いつまでも決断の先送りが通用するわけじゃありませんが。

いや、今回はそもそも決断しようのない選挙ではありました。

だって野党というものが存在しないのですから。

日本の右傾化を云々という、お隣のひとたちのコメントは、これはもう為にしているのでないとしたら、とんだお笑いであり、反論の必要すらありません。

我が国の戦後民主主義は未だに健在です。

それにしても、来るところまで来た、というのが正直な感想です。あの震災や、原発事故を経た上での選挙がこれなのですから、我が国の危機管理意識の低さ、自己決定能力の欠如は、これはもう日本人の宿痾と呼ぶべきなのかもしれません。政治家から選挙民まで、上から下まで揃《そろ》ってこの病に冒されているのだとしたら（間違いなくそうなのですが）もはや「選挙」という方法それ自体が、国政の意思決定手段たり得ないということになります。

そもそも野党とは、潜在的な政権担当能力を留保することのみによって野党たり得るものです。

アメリカの共和党も、イギリスの労働党もかつては政権を担当していたし、現在も与党にとって常に脅威たり得ています。選挙民に明快な選択肢を与えることが二大政党制のテーマなのですから、これは当たり前の話です。

日本の民主党が、つい三日前まで政権を担当し得た最低限の（そして最大の）根拠は、この「選択肢」を選挙民に対して留保し、自由選挙というものを有効に機能させようという、それ自体はしごく真っ当な動機にありました。その選挙民の潜在意識というか、無意識の総意を世論のレベルで領導し、強力にサポートしたのがマスコミであったのは明らかです。

国政選挙にとって「政権交代」以上に明快なテーマはありませんから。

ここまでは良かったとして、問題なのは当の民主党自身にその能力がなかったことです。もともと確たる政治理念もなく、「自民党への警告」「お試し」としての、いわば作為的に作り出された政権が民主党政権の本質だったのですから、その政策が常に選挙民へのアピールを軸にしていたことは当然の成り行きです。その剝き出しの大衆主義がそのまま民主党政権失墜を招いた事情に関しては、事情通ならずとも普通に生活し、新聞やテレビを見ている人々にとっては御案内の通り。

いまさらクダクダしく並べてみせる必要もないでしょう。

自分たちを選んだ選挙民のご機嫌のみを取り結び、逆に決断を迫る事態をことごとく回避することに終始したのですから、破綻するのは当たり前です。

なにをどう言いくるめようと、この国の置かれた事情はぴくりとも変わりやしません。

その「事情」なるものを順序正しく説明し、政策レベルにおいて選択肢を用意することこそが政権の果たすべき役割なのですから、それを避けていたのでは存在価値それ自体を放棄するに等しい。

選ばれた後に、今度は選んだ当人に選択を要求することは、選ばれた者の義務なのです。誰であれ「選ぶ」「選ばれる」「選択する」という行為から自由ではあり得ない。

だって、それが「選挙」を根底に据えた議会制民主主義の本質なのですから。選ぶという行為が必然的に伴う「責任」から逃れることは、誰にとってもできない相談なのです。都合のいい言葉のみを組み合わせ、並べ立てて選択を先送りにしていたのでは、それこそ民主党が敵として名指した「官僚主導」や前政権と何も変わりません。

今回の選挙で明らかになったことがあるとすれば、そのことだけかもしれませんが。

機能しない選挙を、貴重な税金を使って行うなんて、純然たるムダと言うしかありません。四年に一度の大統領選挙で国政を停滞させるアメリカの議会制民主主義は、一見すると壮大なムダであり、国家エネルギーの蕩尽のようにも見えますが、それでもアメリカという大国を「帝国」にさせないための必要経費と捉えることもできます。がしかし、我が国のそれは言ってみれば、一夜漬けで期末試験を迎え、それを自分で採点して溜息をついている中学生のようなものです。

誰ひとり不合格となることなく、放校されることもありません。

そして新学期が始まります。

まあ、義務教育ですから。

我が国の民主主義は、敗戦からこっち未だに義務教育のレベルにある。

まことに遺憾ながら、それがこの国の実情なのです。

それにしても――。

大勢が決まった直後に、テレビ画面に並んで登場した石破幹事長と前原誠司の顔は印象的でした。

与党の領袖たる石破さんの顔は日焼けで真っ黒、鼻の皮まで剝けてるのに、野党の前原さんは外回りしなかったの、というくらいにスッキリした顔でしたね。

勝利を確信しつつもやるだけのことは全てヤッた、という石破さんのアピールなのでしょうか。前原さん、せめて日焼けサロンで集中的に焼いてくれれば良かったのに。

民主党にはプロパガンダに特化したスタッフもいなかったんですね。

まあ、それだけのことですけど。

第26回「きんえん」（『風立ちぬ』と日本禁煙学会の要望書）

またまた『風立ちぬ』で恐縮です。

例の禁煙学会が「結核の妻の傍らで喫煙」「学生が貰いタバコ」でイチャモンをつけたとか。

ああ、またかと言うしかありません。

僕も『スカイ・クロラ』でやられましたから。

まあ、あれは想定済みでしたけど。なにしろ容姿は子供にしか見えない「キルドレ」たちが煙草《たばこ》パカパカ、ビール飲み放題、あいつと寝ると拳銃で頭を吹き飛ばされるのと、不純異性交遊どころの騒ぎじゃない。人外魔境・地底獣国の世界ですから。

企画スタートの時点から、なンかあんだろとは思っておりました。

案の定というかやっぱりというか、試写が始まった途端に「要望書」だかが来たそうです。

無視しましたけど。

だって原作に書かれてることだし、彼らの外見と内面のギャップを演出するためには是非とも必要な表現でしたから。

まあ、そうでなくても「煙草フェチ」で「女性喫煙大好き」な私としては、やったと思いますけど。サイボーグの素子は煙草吸わないし。

あ、でもエイトマンは煙草吸ってましたね。

あれはウランだかプルトニウム含有の凄いやつだから、受動喫煙どころの騒ぎじゃない。周囲の人間は全員被曝《ひばく》してますね。いやあ時代ですなあ、などと気楽なこと言ってると、また顰蹙《ひんしゅく》を買うんだろうな。『風立ちぬ』が騒ぎになったのに、『スカイ・クロラ』が話題にもならなかったのは、要するにジブリ映画で煙草パカパカだったからなんでしょう。

いえ、僻んで言ってるんじゃなくて。

さらに言えば、キャラが「服を着た紅い豚」じゃなくて「人間」だから文句が出たんでしょう。

その程度のアタマの悪さです。

だって最近は減ったものの、喫煙なんて映画では珍しくもなんともない。麻雀Vシネなんて、勝負の間は吸いっぱなしだし。

禁煙学会が麻雀Vシネに抗議したなんて話、聞いたことがないもン。

まあ清水健太郎さんは、煙草以前の話かもしれませんけど。

要するに「禁煙学会」も「差別」も、話題になりそうな標的を選ぶ、という点に関しては同じ遣り口なのであって、芸能人の覚醒剤や漫画家の改造拳銃も一緒です。

こういうのを「生贄《いけにえ》の羊（スケープゴート）」と言うんです。

要するにプロパガンダなのであって、ボルシェビキからナチスに至るまで、洋の東西時代を問わず、延々と繰り返されてきた汚い遣り口です。

宮さんの得意技でもありますけど。

あ、また余計なこと言っちゃった。

どこかで誰かさんも書いてましたけど、プロパガンダは自由なのであって、独裁国家じゃないんですから、自分たちの主張を好きなだけ繰り返せばよろしい。民主主義国家には「表現の自由」「思想信条の自由」ってやつがあるんですから。

ただ問題なのは、この方たちは「他人さまの表現の自由」を尊重する気がないらしい、ということです。現実の禁煙運動を虚構の中にまで持ち込もうとする行為は、要するに民主主義に関する無知、蒙昧《もうまい》、未熟に尽きると思います。「肺結核で伏している妻の手を握りながらの喫煙描写は問題です。夫婦間の、それも特に妻の心理を描写する目的があるとはいえ、なぜこの場面でタバコが使われなくてはならなかったのでしょうか。他の方法でも充分表現できたはず」なんて「教育的指導」は問題外、言語道断横断歩道です（筒井康隆）。

批評にも評論にもなってない、ただのイチャモンです。

なに言ってンのあんた。

動物愛護家が漱石の「猫」に文句をつけるようなもンです。

水に落っことして主人公の猫を殺さなくても違う表現があンだろ、と言い掛かりをつけるようなものです。

渡辺マキさんの「ウルトラ自己チュー男」（『ＴＶＢｒｏｓ．』）という感想の方が、笑える分だけ世の中に貢献してますね。冷静に眺めれば、あの主人公がトンデモ人間であることは確かですから。自分は正義の側にいる、オレはずえったい正しいンだ、と思ってる人間は例外なく、この手の夜郎自大（やろうじだい、と読みます）に陥ります。

一介の民間人だから「あんた何様」で済みますが、これが権力と結びつくとたちまちゲシュタポ・トッコー・異端審問官に変貌します。

ああイヤだ嫌だ。

つくづく思いますけど、「正義」なんてのはロクなもンじゃないです。

これが「恨み」や「私怨」からする「報復」なら判りやすいんだけど、「正義」なんて大義名分を振りかざすからタチが悪い。

民主主義に関する無知蒙昧、と書きましたが、ことは民主主義の本家のヨーロッパだろうが、アメリカだろうが大して変わりゃしません。違うとすれば、向こうには「大人の文化」の伝統があることくらいでしょう。

歴史的・生物学的にいって、人類には「正義」だの「民主主義」だのは高級過ぎるシロモノです。そんな高級な観念は神さま仏さま、十二歳未満の専売特許にしておくべきだったと思いますね。「私怨」や「報復」の方がまだ許せます。

少なくとも、それは人間的な行為ですから。

神様の代行をしようなんて思い上がるからアクマになったりして愚行を繰り返すのです。宮さんの大好きな堀田善衛《よしえ》は、その晩年に「人間は度し難い」と語っていたそうですが、私も歳をとってきたせいか、その意見に全然同意します。「度し難い」という地点から出発して、人間や世の中について考えるしかありません。

まあ、私にとってはそういう問題なんですけど。

それにしても、日本人のアタマってほんとに悪くなったんだなあ。

うんざりする話題ばかりで、お許しを。

第27回「そうかつ」（2013年まとめ）

編集者の要望により、このコラムの総括をしてみます。

と言ってはみましたが、特に何もないなあ。

なにしろ、その時々に思いついたことを思うままに書いてきただけなので。

世界の何割を怒らせたのかも判らないし。

なにしろ誘導装置もなく、慣性誘導の砲弾ですから、どこまで飛んでどこに落ちるかは風次第でいまいち定かでなひ。

以上おしまい、ではあんまりなのでもう少し書きます。

元来が政治やら事件やらの現実過程に関しては発言しない、書かないと決めて生きてきたのですが、それはなぜかといえば僕が映画監督だったからです。

映画監督は妄想と予感でモノを作っています。

もちろん現実の歴史や世の中の動きに興味を持つことは重要ですが、それはあくまで妄想を膨らますための謂わば原資であり、契機に過ぎません。歴史や国際政治、その極限形態としての戦争などというものは、面白くないわけがなく、もしかしなくても映画や小説より遥かに面白いものです。「事実は小説より奇なり」というのは本当のことです。

ただし、現実が虚構より面白いと言い得るためには、それなりの教養や知的研鑽というものが必要であり、誰でもいつでもどこでも面白いというわけにはいきません。何事においても「楽しむ」「面白がる」「興味を持つ」ということには修練という過程が必要であり、わけの判らない抽象画だって、絵画の教養を積めば鑑賞の対象たり得るものです。

修練を積む、という過程の内実とはつまり「既存の価値体系を共有する」あるいは一歩進んで「独自の価値観を獲得する」ことなのであって、この過程をサボって「なんだか判らないからつまんねー」とか「判らないのはワケの判らないものを作った奴の怠慢だ」とか「そういう役立たずは要らない」などと喚《わめ》いて、クビにしたり強制収容所に送り込んだりしたのでは、ヒトラーやフルシチョフと何ら変わりません。

自己のタイマンを表現者に背負わせてはいけません。

まあ、いい加減な「表現者」がいることも事実でしょうが、それにしてもそんな連中に引き回されて痛い目に遭うとしたら、知的研鑽に投資をケチった貴方が悪いのです。いつも言ってることですが、世の中にタダというものは無いのですから。ただし、そうは言っても知的研鑽というやつは手間も暇もお金もかかるものですし、そうでなくても現代人は忙しい。プレミアリーグも気になるし、世界陸上でアスリートたちの素敵なカラダも見たいし、『パシフィック・リム』も見に行きたいし、ＡＫＢ48の総選挙も気になるでしょう（僕は気になりませんが）。

誰も彼もが、夜を日に継いで知的研鑽に励むというわけにはいかなひ。で、そういう忙しく色気の多い人たちのために、虚構というものが存在するのです。

小説や漫画や映画というものは、実社会やら歴史やらのエッセンスとはいいませんが、その上澄みを美味《おい》しく調理するからこそ商品として成立するのであって、それ以外にありません。『美味しんぼ』ほど判り易くないにせよ『バガボンド』だって『進撃の巨人』だって実は既存の文化というものに原資を求めて成立しているのであって、いわばその二次使用三次使用であり、引用やマゴ引きでできているのです。

一部に絶対消費財とでも呼ぶべき、二次使用どころか「完コピ」「丸パク」のアニメがあったりすることも事実ですが（誰の何とは言いませんが）、そういうのは作る側も見る側も買う側も、自分で自分の首を締めあげているだけであって、知らずに感性を摩滅させて「楽しむ」ことも「面白がる」ことも、自ら困難にしているだけの話なのです。

世の中にある商品としての虚構なるものは、いわば知的研鑽の代用物であり、映画が実人生の演習である、というのはそういう意味だったりするのです。

代用物や演習だって、そう馬鹿にしたものでもありません。

混ぜ物だらけの代用品で、ドンブリの中に「景色」を描いて見せた立喰師だっていますし、そもそも歴史上の偉大な作家たちだって、同じ過程を経てきたのですから。

書籍や映画は模擬人格であり「もう一人の他者」なのです。

まあ、それればっかじゃ問題ありますが。

二次元だけでなく、アイドルだけでもなく、現実に彼女をつくりましょう——と言いつつも、日常だけで事足れりになったんじゃ元も子もありません。現実はキープしつつ、二次的現実もちゃっかり担保するというのが知性の正しい有り様なのです。

話が長くなりましたが、要するに僕にとって映画とはそういうものであり、その程度ものであるのです。「世界を凍らせる」ほどの威力はありませんが「世界を怒らせる」ことは常に可能なのです。

そのためには過大に自己評価することも、「たかが映画」と卑屈に構える必要もありません。

僕が教えを乞うている今野塾の空手と同じです。

自らを「伝統芸能」と評しつつ、一方で「伝統芸能も意外に使える」のです。

試したことはありませんが。

またまた話が脱線しましたが、僕が「政治的発言」の類を自己規制してきた理由は、自分の作り出す妄想の威力を担保するためには、現実と妄想の間に線引きが必要だと考えたからであり、現実から妄想を経て再び現実へコミットするためには、いわば「熟成」とでも呼ぶべき過程が必要だと考えたからなのです。

求められるままに、あるいは率先して言いたい放題を繰り返していたのでは、妄想が熟成し発酵する暇がない——と、三日前までは、そう考えていたのです。

何がどう変わったのかといえば、僕の妄想と現実の距離感が変わった——本当に変わったかどうかはともかく、そういう心境に至ったということなのです。

例の「オスプレイ」にしても、あの騒ぎの中で「日の丸をつけたオスプレイは絵になる」と書けば顰蹙を買うかと思ったら、すでに政府は「日の丸オスプレイ」の実現を検討中、というのが現実です。そもそもが映画やアニメの世界では数年前から「オスプレイもどき」がブンブン飛び回ってますし、いまさらオスプレイをめぐる言論に妄想も現実もありゃしません。

一個人の妄想など、所詮はたかが知れていますし、その程度の妄想を担保したところで「熟成」も「発酵」も起こることなく腐敗するだけであり、もっと異なる次元で妄想を成立させなければ「世界を凍らせる」ことはおろか「世界を怒らせる」こともできやしない。

とまあ、そう考えるようになったのが三日前なのです。

気の向くまま赴くままに慣性誘導の砲弾を撃ちまくり、弾着修正の後に効力射なりトマホークの飽和攻撃なりに転じた方が効率がよろしかろうと。

ただし、米軍ほど兵站《へいたん》に自信があるわけでなし、無制限ということはあり得ないので、メルマガ限定でやってみようと考えたのでした。

実はそういうことだったのです。

そんな御大層なことでもありませんし、もっと単純に歳をとって気が短くなっただけ、言いたいことを我慢できなくなっただけ、と思って貰っても一向に構わないのですが。

案外それが事実かもしれないし——。

というわけで、またまた続けることになったコラムです。「時事」の中身は政治経済国際モンダイだけでなく、その時々の映画だったり、誰かの悪口も混じったりしますが、いま少しおつき合いのほど、よろしくお願いします。

そういえば、例の『実写パト』の情報開示も近いとかで、いろんな推測誤報の類が飛び交ってるようですが、アニメのコスプレ大会をやる気は毛頭ありませんので、ご承知おきください。

んじゃまた。

第28回「いんたい」（宮崎駿監督引退記者会見）

「引退」とは読んで字の如し、「引き退く」「自ら退く」「身を引く」ことです。

プロスポーツの選手や、相撲の関取が「現役引退」するといえば、肉体的精神的限界を感じて競技生活を諦め、コーチになったり親方になったりして後進の育成に転じることであり、業界から去ってスナックのマスターになったり料理屋のオーナーになったりするのであれば、それは「廃業」ということになります。

作家の場合には「絶筆」したり「筆を折る」という言い方もしますが、「引退」も「廃業」もありません。スナックのマスターになっても小説は書けるし、フルタイムライターだけが作家ではありませんから、作家には「プロ」も「アマチュア」も「兼業作家」も存在します。あの作家さんは本屋で見かけなくなったね、消えちゃったねといえば、それはスランプに陥ったか、書くことがなくなったか、もっと端的に「売れなくなったので出版して貰えなくなった」という事態を指しているのであって、いずれにせよ「引退」するという事態はありません。

そもそも「絶筆宣言」という行為は概《おおむ》ね、ある種の政治的アピールだったりするので、一定期間が経過すれば再び執筆活動を再開することもありますから、その行為の意味からして「引退」とはカンケイありません。

では映画監督の場合はどうなのでしょうか。

映画監督が「引退する」とは、いったいどういうことなのでしょうか。

あの「東小金井の巨匠」の「引退」をめぐる騒ぎは何だったのでしょう。

僕の知る限り、洋の東西を問わず「引退した映画監督」なるものは存在しません。「引退宣言」を発した映画監督もいませんし、ましてや「引退会見」なるものを開いた監督も存在しません。

なぜなら映画監督にとって、映画は「撮らせて貰えなくなる」という事態はあり得ても、「撮らない」という事態は存在しないからです。「撮れない」「撮らせて貰えない」映画監督はこの世にゴマンと存在しますが、それは様々な理由によって――高尚過ぎたり、予算がかかり過ぎたり、もっと端的に才能が無かったり――観客が入らず、カネにならず、それゆえに仕事の依頼がなくなっている状態であるに過ぎません。

かつてゴダールは「映画監督は定職ではない」と語りましたが、それは「映画を撮っていなければただのオヤジ」ということ（だけ）ではなく、映画監督は職業である以前に「生き方」であるということを意味しています。

具体的に映画を制作している、監督しているという状況のあるなしに拘わらず、自分の存在を含めた現実を、まるで映画のように眺めている、映画を作るように生きている人を「映画監督」と呼ぶのです。「映画作家」「映画人（シネアスト）」あるいは「映画屋」と呼ぼうと、この点に関しては皆同じ、人類は一家、世界は兄弟です。

映画監督という仕事は「辞める」ものではなく「辞めさせられる」ものなのです。

もっとも、ゴダールは映画制作における作家性を否定し、映画による自己実現をブルジョワ的だと批判した時期もありましたが、疾風怒濤《しっぷうどとう》の季節を過ぎて、再び個人的動機によって映画を撮り始めたことは慶賀の至りであり、喜ばしい限りです。

生業《なりわい》にならなくとも、自己実現の手段としての「仕事」というものは存在します。

ただし、誤解のないように言っておきますが、一度でも映画を撮れば生涯を通じて映画監督であり、酒を飲みまくって麻雀していても映画を撮る意思さえあれば映画監督だ、と思ったら大間違いです。映画監督という仕事が自己実現の手段である以上、映画を撮るためにあらゆる努力を払うのは当然であって、その努力および方法論の獲得もまた映画監督という仕事の範疇に入ります。なんなら映画を実現することをもって、映画監督の仕事そのものなのだと言っても差し支えありません。

僕は自分がいい加減な人間であることは否定しませんが、この点に関してだけは至極真面目な男なのです。「映画監督」を「詩人」と置き換えてみれば判りやすいかもしれません。生涯に一冊の詩集しか出版していなくとも、大学教授や評論家を生業にしていようと、詩人は詩人であって、プロアマの差はもちろん、正業副業もありません。

まずもって「詩人」は職業ではないからです。

哲学者も思想家も同じであり、もちろん革命家もテロリストも同じです。

沖縄の空手の先生たちは、そのほとんどが生業を別に営んでいて、武道の教授に関してお金を受け取らなかったそうですが、武道もまた本来はそうしたものだったようです。

デューク東郷は高額の報酬を受け取って殺しを請け負いますから「プロの狙撃手」ではあっても、「暗殺者」「テロリスト」ではありません。ゴルゴはイデオロギーを持たないからこそ「プロ」なのであり、歴史上の暗殺者・テロリストたちのように殺人という手段によって自己実現を図ったりしません。その「生き方」において、美味しいものを食べ、綺麗な姐《ねえ》ちゃんとよろしくやることを好んだとしても（その通りなのですが）、なんら非難するに値しません。

行為の難易度に応じた報酬を受け取るからこそ「仕事」であり「生業」なのであって、彼にとっての自己実現が何なのかは誰も問いません。

その膨大な資産を老後にいかに運用するかは謎のままで良いのです。

話を戻しますが――。

東小金井の巨匠はそもそも「引退」という言葉を吐いたのでしょうか。

僕はテレビも見ないし、新聞も読まないので知りませんが、伝え聞いたところでは「長編は体力気力ともにキツくなったのでヤメることにした」のだそうで、それなら「引退」とは何のカンケイもありません。

長編がキツくなったから監督しないけど短編はヤる、ということならそれは無論のこと個人の自由です。「オレはテレビはやらない」「シリーズはイヤ」という監督は別に珍しくありません。何を隠そう――という程のもんじゃありませんが、僕もテレビアニメは一度しか監督したことがないし、今後ともやろうとは考えていません。そのかわりというわけでもありませんが、映画であれば実写、アニメを問わずなんでもやります。

巨匠が短編に専念するというのなら、むしろ大歓迎です。

なにしろあの方は短編アニメの天才ですから。

ジブリ美術館の上映用に制作された『めいとこねこバス』を見たことがありますが、あれは紛れもない傑作でした。あれこそ子供たちに見せるべき作品であり、『トトロ』の数段上をいく作品です。『トトロ』上映中の劇場では子供たちが通路を走り回っていましたが、『めいとこねこバス』を見て飽きる子供がいるとは思えません。『めいとこねこバス』を無意味に長くした作品が『トトロ』なのだと考えてもよろしい。

繰り返し言ってきたことですが、あの方は元来が長編映画の監督に向かない人なのです。「構成」も「構造」も全く、なあんにも無いのですから。

いや、短編も何も全てやめるんだ――というなら話は別ですが、仮にそう言ったのだとしてもそれは老人の妄言に過ぎません。この仕事をやめるとすれば、その老後はゴルゴのそれよりも寂しいものになることは必定だからです。「引退」はあの方の口癖ですから。

んなわきゃありません。

百万歩譲って、ホントに映画制作そのものから足を洗うのダ、と考えていたとするなら――。

要するに巨匠は巨匠であったとしても、映画監督ではなかったのだ、というだけの話です。

監督を引退する、などと声明を発したりするのは傲慢の極みです。

まして会見を開くなど、世の映画監督たちに対して無礼というものでしょう。

謙虚、という言葉を忘れないで戴きたいものです。

まあ、そんなものであるわきゃありませんが。

今回の騒ぎの真相については、実を言って全く興味がありません。

どうせタメにする騒ぎに決まってますから。

あちこちからコメントを求められましたが、全てお断りしました。

何を言わせたいのか、想像がつくからです。

そんなものにつき合ってるほどヒマじゃありません。

前号で書いたにも拘わらず削除されましたが、『実写パト』で忙しいんです。

真面目に仕事をしております。

今回は編集の希望でもありましたが、知らぬ存ぜぬを通してヘンに誤解されるのも不愉快なので敢えて書いてみました。

まあ、誤解されたっていいんですけど。

第29回「てっぺっぺ」（TPP参加騒動）

政治経済の新しい用語ってやつは、初めの一歩で解説を聞き損なったりすると、二度と再び誰も説明してくれなかったりする。新聞やテレビでも「もう知ってるよね」を前提にして記事を書いたり、放送したりするから始末が悪い。

いちいち解説してたんじゃ面倒だし、本題を語る文字数も時間も勿体ないから仕方ないんだけど、出遅れたらもう追いつけなくなる。「TPP」なんてのは、おそらくその手の言葉の最たるもんだろう。「環太平洋パートナーシップ」だったっけ。

まあ、なんでもいいけど、要するに環太平洋地域の経済圏で関税を完全撤廃してテッテイ的に貿易を自由化しようということなんだと思う。

それがなんで騒ぎになっているかといえば、貿易の品目によっては国内の業界が壊滅的な被害を受けるからなのであって、たとえば関税障壁によって保護されていた「※」、じゃなかった「米（rice）」なんかがその筆頭だったりする。

日本に限らず貿易の関税障壁は積年の問題だったけど（主にアメリカにとって）、なぜ今頃になって敢えてＴＰＰなのかというと、これもまた近年のアメリカ主導のリベラリズム政策――国際政治も含む大テーマだから「戦略」と呼ぶべきなんだろうな――の実践課題だからだ。

もしかしたら大目玉になるのかも。

世界の先進国にとって、「リベラリズム」を選択するか否かは冷戦後の最大のテーマだ。冷戦時代は社会主義という最大のライバルが存在したから、これに軍事的に対決するだけでなく、政治経済の分野においても資本主義の優越を証明するために、西側の欧米各国は内政面で高福祉型の政策を採らざるを得なかったけど、ソ連が軍事偏重で自滅しちまったんで、その必要もなくなった。それどころか、未だに社会主義を標榜《ひょうぼう》してる中国も含めて、アフリカもイスラムも世界中が市場と化してしまったから、リベラリズムに抵抗する根拠が喪《うしな》われてしまったと、つまりそういうことなのだ。

冷戦の負担に喘《あえ》いで「イギリス病」とまで言われた経済不況を、一点突破するために登場した「鉄の女」サッチャーさんはその急先鋒だったわけだけど、そういえば今年に入って映画も公開されたっけ。首相として妻として、みたいなどうでもいい映画だったみたいだけど。

もちろん見てないけど、そんなもンでしょう。

資本主義はそれ自体の論理として自由主義経済、市場開放を追求するから、楯突く相手がいなくなれば途端にその本性をあらわすのは、これ理の当然。「自由主義」と書けば大変に結構なことのように思えるだろうけど、要するにイッパイイッパイの競争社会のことであって、他人を踏みつぶして稼ぐのも好き放題の「自由」のことだから、高福祉社会の対極にある格差社会とセットであるのも、これまた理の当然。「自由主義」の「自由」は「合法なら他人を犠牲にして儲けるのも自由だ」の「自由」であり、格差社会はそのスタートラインからして格差があるから、「持てるものはさらに多くを得て、持たざるものは全てを失うであろう」──の聖書の警告の再来だ。「弱肉強食」と「淘汰」の社会的ダーウィニズムの復活だ。マルサスの『人口論』の世界に逆戻りだ。

そんなのヤメて、稼ぐのはほどほどにして高福祉社会を目指そうぜ、という立場は常に存在するだろうが、そう思わない人たちにだって理屈も理想もある。人間社会は経済発展なくして繁栄することはないし、単純再生産のユートピアなんて夢物語でしかない。拡大再生産の競争社会か縮小再生産の緩やかな滅亡か──それほど極端でないにせよ、何事もほどほどになんてホザいてられるのは、すでにして「持てる世界」である先進国の特権的立場からの自省なき世迷い言だ。オレたちだって稼ぎたいし、衛生的で快適な社会に住みたい、コーラ呑んでハンバーガーだって喰いてえ、という「持たざる国」の主張に正面切って反論できないのは核武装と同じであって、その辺の事情はお隣の経済発展一直線の大国を見ればすでに御案内の通り。

それぞれに言い分はあるだろうけど、大勢はすでに決している。

フランスやらスペインやらギリシャが何と言おうと、アメリカの大方針は決定しているし、イギリスやドイツも条件つきだけど「それしかありますまい」と考えているに違いない。

中国やロシアはそれ以前の前近代を生きてるし、内実からいえば延々とマルサスの世界を生きている。

アメリカの属国である日本に選択の自由なんぞ、端からあるわけがない。

問題はいかに着地させるか——それだけであって、TPP問題がいつまでもタラタラ長期化してるのもそれが理由であって他にない。

ニッポン国民だって、何をどう言おうと不景気だけは絶対にイヤ。なんでもいいから政府は景気回復を優先しろ（もちろん災害復興も高齢者対策も重要だけど）と矛盾に目を瞑《つむ》ってそう考えたから民主党に引導を渡したのであって、そんなことは自民党だって承知してるから、TPP早期決着なんて焦る必要すらない。

答えは最初から出てるけど、それを承認するのに手間暇をかけて、最大多数が諦めるのを待つのがこの国の精神的風土なんだろう。

言っておくけど、僕はリベラリズムなんて大嫌いだ。

だからといって、人間が安全で快適な暮らしのために他人を押しのける欲望を抑えられる、とも考えていない。何度も書いているように、人間は未だにそこまで高級な生きものに進化しちゃいないからだ。

マルサスでもダーウィンでもないけど、民主党は大嫌いだ。

もちろんマルクスなんて信じちゃいない。

これもまた人間社会が答えきれない問題のひとつなのだ、と考えているだけだ。

TPPは世界の大勢に関する問題としてあるのであって、「リベラリズムの大海嘯《だいかいしょう》」にどう対処するのかという大テーマから各論へ下るしか、考える道筋はない。

コメを守れ、という次元から考えていたのでは、結局のところコメどころか全てを失うだろう。生活が第一とかホザいていた政治家もいたけど、とんでもない世迷い言だ。

生活は世界を動かす論理の着地点であり、終着点だ。

そこに到達するためには、膨大で粘り強い思考を重ねるしかない。

そこをショートカットしようとする思想が、あらゆるファシズムの温床を生み出す。

ああ、なんか話がデカくなっちゃった。

ホントのこと言えば、何をどう考えようと自分の問題としては時間切れなのだ。

最近そう思うことが増えてきた。

混沌《こんとん》の渦に巻き込まれて己を見失うのがイヤなら、正しい順番で物事を考えるしかない。

ただ、正しい順番で物事を考えれば、解答は果てしもなく遠ざかる。

その行く末を見定めることもなく、自分は生物学的個体として滅んでいくのだろう。

人間の有限の人生は、その思考に明らかに釣り合っていないのだ。

ああ、また話が大袈裟になっちゃった。

話が尻切れトンボになりましたが、このお話の続きはいずれまた。

とにかく忙しいんです。

忙しく生きるのは、ホント不本意なんだけど。

第30回「ちでぢ」（地上波デジタル放送）

痔《じ》が出血したわけじゃありません。「地デジ」のお話です。

僕の住むアタミのお山は電波状態がサイアクで、ついに目出度《めでた》く正式に「難視聴区域」に認定されました。

こないだまで携帯も繋がらないところでしたから。

日本のチ★ットです。

夜になると猪《いのしし》が暴走し、猿が挨拶にやってくる野生の王国です。

死んだダニやんが川でタヌキを振り回していた弱肉強食の世界です。

至近の中継所が初島らしいのですが、そこからの電波が山に遮られているらしく、電波に不自由な生活です。

何が困ると言って、最も困るのが災害情報です。

台風が来た！　とかいう時に、肝心のテレビがアウトで情報が入りません。

普段は衛星回線でテレビを見ているのですが、ご存じのように衛星は雨に弱いし、パラボラが風で勝手に向きを変えます。スカパー！も『CSI』も突然画像が静止してワヤになります。

もはや頼りはネットのみなのですが、僕は自宅にPCを置いていません。スマホで繋げる方法も知りません。

ネットスキルの低いやつぁ勝手に死ね、ということなのでしょう。

で、先日のことですが、市役所の職員、県の地デジ推進機関の担当者、他に何者だったか忘れましたがもう一人、計三名が訪れて説明会が開かれました。会場はクルマで10分の公民館です。

お山の80世帯で常駐世帯は約15世帯あるそうですが、参加世帯はウチを入れて僅かに3世帯。お役人たち、衝撃を受けていたようです。「地デジ」とは何か、みたいな解説を期待していたのですが、そういった初歩的な説明はいっさいなく、開口一番に来年からデジタル放送代替の衛星回線も閉鎖され、このままでは地上波はいっさい視聴できなくなります、という恫喝《どうかつ》的なお話から始まりました。

僅かな世帯のために中継基地を建設する気は毛頭ないので（とは言わなかったが同様の趣旨でした）地域で共同アンテナを建てるしかない。建設費はこれこれで、政府からこれだけ補助金が交付されますが、そのためには地域住民の同意が必要であり、ついては自治会の如きものをつくって代表者を選定して戴きたい。

それまで他人事のような顔をしていた参加者（3世帯）が、「自治体」「代表」の言葉に一斉にピクリと反応しました。

イヤなのです。

何が嫌かと言って、「自治会」だの「世話人」だの「代表」だの、そういった面倒っちい地域社会がイヤでお山に住んでいるのです。

全員が横目で隣の参加者に目を遣ります。

代表者って、ウチはそんな面倒なこと絶対に嫌だぞ、という目線です。

もちろん僕だって真っ平御免です。

そもそも週末しかお山に戻ってないし、『パト』の撮影が始まってからはほとんど帰宅してないし、自治会だの世話人だの、そんな経験はゼロだし。

中学生の時に生徒評議会の議長を務めたことはあるけど、執行委員会の選挙に出馬して落選したし。高校時代には「全学蜂起準備委員会書記長」に就任したけど、あれは実体のない架空の組織だったし。放送作家組合（現在は脚本家連盟）動画部会の副委員長もやったけど、ほとんどなんにもしませんでした。

ちなみに委員長は宮さんでしたが、もっと何もしませんでした。

それどころか、脚本の買い取り問題を討議したときに「買い取り契約を強要されるのは当人に実力がないからだ」等の反組合発言を繰り返していました。

ひどい人です。

事務局の人間も、あまりのことに固まってました。

閑話休題（あだしごとはさておきつ）。

そもそも気合の入ったナチュラリストならともかく、都会の人間関係に煩わされたくなくて、好き好んで山に住んでるような住人が、自治会だの共同事業だのに積極的に参加すると思ってる方がどうかしてます。

全員が無言を決め込んでいます。

僕は貰った書類にオスプレイを落書きしていたのですが、新たに四号戦車F２型を書き始めます。

長い沈黙の後に、重い溜息を吐いてお役人が宣告します。

とにかく皆さんで検討して戴いて――。

検討なんて、誰がするんだ？　災害避難とか緊急医療ならともかく、地デジごときで検討するつもりなど、誰にもありません。

「あ、次回の会合の連絡をどなたかに代表してお願いしたいのですが――」

腰を浮かしかけた全員が（3世帯だけですが）、ぴくりと反応して静止しました。

結論から言うと、共同アンテナ建設計画は頓挫しました。

地上波、見てないし――というのがその理由です。

どうせ騒がしいバラエティとCMしかやってないし。

僕は東京にいる時もテレビを全く見ないし、新聞は十年以上も読んでいません。

地震速報だけは見ますが。

テレビはCSのみ、サッカーと『CSI』（ラスベガス）と『メンタリスト』しか見ていません。そんな人間ですから、地上波を見るための共同アンテナなんかに1円だって払う気はありません。

あのお役人たちは、住人たちのあまりのタンパクさに、おそらく衝撃を受けたことでしょう。

衝撃を受ける方が間違っています。

地上波はもはや国家最大のメディアの地位から滑り落ちています。

若者はネットで忙しくて、地上波をリアルタイムで見たりしません。どうせアニメとドラマしか見ないし、HDレコーダに録画予約しとけば済みますし、話題のドラマはネットやレンタルでも見られます。

年寄りだけがヒマ潰しに『相棒』を見ています。

世の中にタダというものはありませんが、地上波のタダ神話に取って代わって、いまはネットのタダ神話が跋扈《ばっこ》しているだけです。

そもそもが地上波のデジタル化それ自体に説得力がありません。

クオリティなんて実はほとんどの人間が気にしちゃいませんし、周波数帯の割り当てが云々なんて話に信憑性《しんぴょうせい》も感じられません。

放送事業を許認可制にしといて良く言うよ。

新たな設備投資を促し、役人の権限と政治家の利権を生み出し、家電事業の需要を喚起し、それでみんなハッピーかと言えば、そうはイカの筋肉です。

地上波を必要としない人間は、お山の住人に限らず、これからも間違いなく増え続けるでしょう。

ニューメディア、ハイビジョン、3Dといろいろありましたが、どれもこれもいつか見た風景です。

いまどき笛を吹いたって、犬も戻ってきやしません。

お役人たちが民間人の意識の底流を読み損なって皮算用を繰り返す光景は、これからも続くでしょう。

七年後のオリンピックがどうなるか、目下のお楽しみです。

それまでは頑張って生きようっと。

第31回「らいす」（TPPと米作）

ライスと言っても、元アメリカ大統領補佐官の黒人のオバさんじゃありません。コメのお話です。

自民党幹事長の石破さんと民主党の菅さんが、農政改革に関して超党派で事前協議をしたとか合意したとか、そういう記事もありましたが、この国の農政に関しては問題が多いどころか、（コメだけに）倉庫に山積み状態なのは御案内の通り。

今度こそ農政改革を、減反政策の見直しをというお話はとりあえず措いて、TPPの例外品目にすべきかどうかという議論も措いて、そもそも日本人にとってコメだけがなぜこれほどに特別な存在なのか——それが今回のテーマであります。

いつも言ってるように、物事は順番に考えることが大事ですから。

元来が熱帯地域の植物であり、降雨と日照の気象条件がシビアであるコメの栽培——水稲耕作がなぜこれほど日本列島に普及したのか。なにしろ日本全国津々浦々、平地は言うに及ばず山岳地帯の斜面から離島まで、それどころか植物としての北限を越えた北海道に至るまで水田で埋め尽くしたのですから、これは尋常一様の情熱ではありません。

考えてみれば不思議な話ですが、ちゃんと考えて調べれば不思議でもなんでもなく、人間のやらかすことですから、当然のことながら理由があります。

水稲耕作がどこから持ち込まれ、いつどこから始まったのか――いくら順番に考えると言っても、水稲耕作の起源まで遡っていたのではこのコラムの容量をオーバーしますし、その辺の事情を詳細に述べた書物は数多くありますからそちらをあたって戴くとして、水稲耕作の普及とこの国の成り立ちとは切っても切れない深いカンケイにある、という歴史認識あたりから考え始めるのが順当なところでしょう。

部族単位で生活圏が成立していた時代ならともかく、中央集権を可能とするには流通というものが不可欠であり、流通を可能とするには、地域を超えて価値を共有できる産物の存在が絶対条件です。古代において地域差を超えて価値の共有が可能であり、かつその価値を定量化し得るものといえば、これはもう農産物しかなく、日本の場合でいえばコメしかありませんでした。

大和朝廷が中央集権を確立し、その支配を全国に及ぼすには、まず何よりもきちんとした租税徴収体制を整える必要がありましたから、その政権の伸長と水稲耕作の普及は軌を一《いつ》にしていた、という説はまず揺るぎない事実であったと考えるべきでしょう。古代において食糧（コメ）は貨幣であると同時に、権力を支える軍事行動の原資そのものでもあります。タンパク質は魚や野生動物の肉などの現地調達が可能でも、軍隊のエネルギー源は今も昔も携行可能な炭水化物であり、なにより備蓄できなければ意味がありませんから。

計画的な生産によって食糧の余剰を生み出さなければ、権力の基盤である軍隊と特殊技能者、それらを管理する専門職の集団（官僚）は養えませんし、直接生産者の人口に対する比率は、帝国の強大さのバロメータでもあります。

コメという生産物は、これらの条件を全てクリアするだけでなく、この国における水稲耕作は、なにしろ元来が地勢や水利にムリを重ねているわけですから、相当に労働集約的にならざるを得ず、人間を土地に縛り付けるという副次的効果もありました。必然的にそれは血縁をも越えた地域社会の結束を生み出しますから、支配する者にとっては好都合な条件をも生み出します。

これがどれほど好都合であったかは、貨幣経済が整備された後も、江戸時代まで「コメ本位制経済」が連綿と続いたことを考えれば納得も得心もいきますし、戦国時代の武将から現代の自衛隊に至るまで、水田が作戦行動上の地勢的タブーであり続けていることからも傍証できるでしょう。

陸自の演習場に水田を模した地形は存在しないし、路外機動を専らとする戦車も水田に侵入することは考慮されていないようですから。

しかしながら、スーパー作物たるコメの価値もまた、ローカルな流通価値であることは避けられません。その価値は国境を越えるものではありませんでした。

最初の躓きは、初の本格的な外征戦争たる日露戦争から始まりました。

日露戦争における深刻な疾病の発生――ビタミン不足による「脚気惨害」の死亡者は戦闘によるそれを上回ったという説もありますから、この時点でコメはスーパーフードの地位から転落し、少なくとも軍用糧食としてのコメの欠陥は明らかであったにも拘わらず、事態は先の大戦まで持ち越されます。

ちなみに陸軍の白米主義の唱導者であり、白米と脚気の因果関係を否定したのが、当時の陸軍医療体制のトップだった森林太郎（鷗外）でした。

一説によれば、鷗外はその事実を類推しつつも、海軍や陸軍内の一部が唱導した「麦飯主義」を「情におひて忍び難い」として否定したのだそうですが、そうであるとするなら、日本人の「コメ信仰」はこの頃から確固たるものとして存在していたことになります。

そうだとしたら（そうなのでしょうが）日本人の「情において忍び難い」「情が通るなら負けても致し方なし」という理不尽な精神構造の病根と水稲耕作には不可分なカンケイが存在

するのであり、日本軍こそが「米軍」なのだということにもなります。あの兵頭さんの言葉を借りるならば「ンなこと言ってて勝てる相手じゃないんだ、米軍は」ということであり、それは現在のTPP問題にまで敷衍《ふえん》する問題でもあります。

話がそちらへ向かいましたが、この国にとってコメが特別な存在である、いまひとつの理由がこの「白米信仰」にあります。

昔の農協のCMで「日本人ならコメ喰おうぜ」と世良公則クンも言っておりましたが（若い方はご存じないでしょうが、あったんです）、果たして日本人ならコメを喰うべきなのでしょうか。

コメなんか喰ってたから、戦地で飯盒炊爨なんかしてたからアメリカに負けたんだとまでは言いませんが（言ってる人もいますが）、軍用糧食としてのコメに問題があったことは間違いありません。なにしろ炊かなきゃ喰えませんし、そのためには（戦場で不足しがちな）水と燃料が必要であり、煙は出るわ、携行は面倒だわ、ウンチの量だって確実に増えるのは、飼い犬にコメを喰わせたことのある人間なら誰でも（私は契約農家から有機米を取り寄せて主食に喰わせてました）熟知していることです。

戦争はシビアですから、たかがメシたかがウンチでは済まされません。

米軍の携行糧食の不味《まず》さは有名ですが、戦争に勝つためには、あのアメリカ人といえども

（公然とは）文句言いませんから。

いや過去の経緯はともかくとして、日本人は現在もそこまで米食を好んでいるのでしょうか。

かつて私が新米のアニメ監督だった頃、徹夜のダビング現場で牛丼弁当を喰らっていた時に、相方の高名な録音監督が「これでコメが旨ければなあ」とシミジミ洩らしていたことを思い出します。

ああ、この人も銀シャリ渇望世代なんだ、と感慨深いものがありました。

戦後焼跡世代の人でしたから。

日本人の主食におけるコメの割合が五割を切った、という報道もあります。

元来が日本人は食習慣においても変節が激しく、その時にその場にあれば、それこそなんでも食べてきた、というのは『立喰師列伝』における「哭きの犬丸」の研究からも明らかです。

かく言う私自身も、現在は撮影中なのでロケ弁を喰いまくっていますが、普段はコメを口にすることは稀であり（蕎麦が主食）、若いスタッフたちは弁当が二度続くと明らかに士気の低下が見られます。

食習慣が不変だと考えるのは、特定の世代の思い入れなのかもしれません。

あるいは、そう思わせたい何者かの作為があるのでは、とも思えます。「コメ」に関する論議から、この種の思い込みを排除しなければ、今次の新たな「戦争」で再び前回の轍《てつ》を踏むことになるでしょう。

この国と運命をともにする気のある人間は、一人一人が胸に手を当てて自問自答してみるべきでしょう。

自分は本当に米食を愛しているのだろうか。

この不合理極まりない水稲耕作文化は、未来永劫《みらいえいごう》においてこの国が守るべき価値なのだろうか――と。

コメも喰いたいがパンもパスタも大好き、蕎麦だって日に一度は啜《すす》りたい、という日本人の雑食性は、これは世界に稀なる美質なのかもしれません。

でもマックは不味いぞ。

ちなみに、食糧自給問題と「コメ」問題は別の話です。

これを一緒くたに語ることも「順番に考える」ことの趣旨からの逸脱であり、自民党のコメ議員たちの思う壺《つぼ》にハマるだけです。「水稲耕作文化」と「天皇制」の問題もまた、別の話です。

コメ喰わなくたって皇室は尊重できますから。

念の為。

第32回「ひみつ」（特定秘密保護法案）

秘密と言っても「アッコちゃん」じゃありません。

特定秘密保護法案のお話です。

と言っても、この法律がどうの強行採決がこうのというお話でもありません。

そういったお話は他所でいくらでも読める筈だし、すでにうんざりしていることと思われます。

そこのところ、つまりなぜうんざりなのか、というお話です。

この法案自体は妥当性も欠陥もあるでしょうが、広い世間の常識からいって国家というものには他所の国には知られたくない秘密やら機密やらがあるのは当然であって、基本的には至極当たり前の法律であるに過ぎません。これが家庭や個人の秘密であれば、知られたくないと思うのが人情で、個人情報の透明性なんてことを言う奴は頭がおかしいという話にしかなりません。

問題は、この法律をタテにとって政府が報道や表現の自由を大幅に制限し、それに文句を言う奴を片っ端から監獄に放り込むのではないか、戦前の特高が復活して暗黒時代が復活しやしないかという懸念にあるようです。

スパイ天国は困るが、秘密警察の跋扈する独裁国家はもっと困る。

この法律を成立させたら戦後日本が営々と築いてきた平和と民主主義もオシマイだ、という極端な論調に果たして根拠はあるのでしょうか。

議論が極端になり、理不尽な二者択一を迫る状況には、常に共通の胡散臭《うさんくさ》さがつき纏《まと》います。

原発もＴＰＰもオスプレイも、つい三日前の国政選挙も同じでした。

どちらも議論以前にすでに結論が出ている、話すまでもないというその論調がそっくりです。

あれかこれか――ですらなくて、これ以外に選択肢はない、これに反対しない奴はキ★ガイであり、無知蒙昧であり、人外魔境であり地底獣国だという、そのヒステリックな論調には既視感すら覚えます。

なにしろ国会を包囲して議員を議場に入れなければ、法案の通過を阻止できるという、議会制民主主義そのものを全否定するような発言が当の議員から飛び出すくらいですから異常としか思えません。石破さんのデモ隊テロリスト説どころの騒ぎじゃありません。

極端な論議が横行し、理不尽としか思えない二択を迫る状況に違和感を持つとしたら（僕は持ちますが）、いつも言ってるように物事を順番に考えるに限ります。

仮に、今回の法案が国会を通過した瞬間から、自民党政府がやり放題になり、この国は言論統制の罷《まか》り通る独裁国家となり、戦前の暗黒時代（なのかどうかもアヤしいのですが）が復活するという、その妄想の根拠はどこにあるのでしょうか。

強行採決だろうが議論を尽くそうが、国会を通過した法案ひとつに、それほどの威力があるものなのでしょうか。

そもそも、この国には政府以外に権力というものが存在しないのでしょうか。

僕の遠い記憶によると、中学校で「三権分立」という言葉を習ったような気がするのですが、あれは記憶違いなのでしょうか。

この国には立法府以外に行政府も司法制度もあったと記憶しているのですが、勘違いなのでしょうか。

この法案が報道やら表現の自由やらの基本的人権に違反しているのなら、違憲判断を求めて訴訟を起こすことも可能ですし、そのために個々の事例を調べ上げて公論に訴えるのは、それこそジャーナリストやマスコミの使命だった筈なのですが。

いやこの法案が通過したら、その活動自体がダンアツされてしまうから不可能なのだとでも言うつもりなら、そんな根性無しはいますぐ廃業すべきでしょう。法律というものは、それ自体で全てを決する魔法でも呪文でもありません。憲法で平和を謳えば平和が実現するわけではないのと同じです。

これをいかに現実に適用し、運用するかが重要なのであって、その過程をすっ飛ばして物事を考えるようでは法治国家もクソもありません。

強行採決だろうが一点突破全面展開だろうが（全然違いますが）、その国会で投票権を持つ議員を選んだのは、そもそも誰だという話です。そんなつもりで一票を入れたつもりはないと言うなら、次の選挙で断固として落とせばよろしい。

民主主義を口にするなら、これ全て常識の筈ですし、中学校でもそのように教えている筈です。

僕の記憶違いでなければ、ですが。

まるで国家の存亡はかかってこの法案の通過に有り、みたいな論調です。

呆《あき》れたもんです。

国会に押しかけたデモ隊がどれほどいたか知りませんが（新聞もテレビも見ないので）、半世紀前の安保闘争に遠く及ばず、僕が街頭を走り回っていた頃ともケタが違う筈です。

世論調査で反対と答えた全ての人間が街に飛び出すわけじゃありません。

なんだかヤバそうな法律だから見送った方が良さそうだけど、仮に通ったとしても、写メの片隅にオスプレイが写っちゃったくらいで刑務所だなんて、自民党にそんな根性があるもんか、というのが本音でしょう。

毎度のことですが、この国の政治家はもちろん、ジャーナリストやらマスコミやら評論家やらの言論人を名乗る人たちは、この国に住むマス人民の本音を読むことがトコトン苦手なようです。

いくら煽ってみても、生活感の範疇に留まる人間を動かせやしません。

自分は判ってるンだから無知蒙昧の輩《やから》を啓蒙せねば、などと思った瞬間から自分がただの蒙昧に堕ちるのです。

特定秘密保護法の欠陥や危険性について知りたい方は、他所で検索してください。

おそらく、あれこれとあるのでしょうが、この時期にこの法案を持ち出さなければならなかった状況の妥当性について触れているものは、多くはないでしょう。

いま世界がどの方向へ向いて動いているのか、それは為政者たちにだって定かではありませんが、歴史と真摯に向き合えば自ずと見えてくる筈です。

僕の興味はそちらにしかありません。

繰り返しますが、極端な論調が横行し、理不尽としか思えない選択を迫られる状況には、常に同じ胡散臭さがつき纏うものです。

それには必ず根拠があります。

そういった風潮こそがファッショの温床だと言っても過言ではありません。

新聞やテレビはもちろん、ネットにアクセスしなくたって、物事を真っ当に考えることはできます。

むしろ無意味な情報は真っ当に物事を考える邪魔にしかなりません。

今回の法案に関するあんたの私見てやつを訊きてえんだ、という方々には申し訳ありません。

僕は理不尽な選択は拒否することにしているので。

だから選挙にも行かないんです。

第33回「けいかん」（東京スカイツリーの肖像権）

「けいかん」と言っても「警察官」のことじゃありません。「景観」のお話です。

先日、都下の某水路で撮影の折、ふと見上げた先に見えたのが例の塔なのでした。

以下、スタッフとの会話。

「おお、あれは件のスカ★ツリーではないか」

「しかし、美しくない建物ですねえ」

「見れば見るほど巨大な螺子《ねじ》回しにしか見えないし」

「高さ以外に何の取り柄もないし」

「美学的には最低です」

「対地ミサイルを撃ち込む値打ちもない」

「ロケットパスで正義の鉄槌《てっつい》を下す値打ちもない」

「巨大なくせに何ものも象徴していないし」

「どんなレンズでもレイアウトできないし」

「カメラマン泣かせの建築だ」

「消しをかける手間暇も惜しい」

「ボロクソですね」

「可哀想なスカ★ツリー。なンも悪いことしとらんのに」

確かに件の塔には何の罪もありません。

がしかし、公共の場にある建築物は醜いというだけでアクなのです。

ところが驚いたことに、あの塔には肖像権があるのだそうです。

観光客が写メしてメールすることは黙認するが（それを禁じたらそれこそ本末転倒であり、そもそも集客せんがために建てたのですから当たり前の話ですが）映画や漫画に許可なく勝手に登場させることは厳に禁じられているのだそうです。

吃驚しましたが、本当にそうなのだそうです。

我が社が大枚叩《はた》いて建てた塔を、勝手に映画や漫画に使ってはならん。

他人の褌《ふんどし》で相撲取って金儲けすんじゃねえ、ということのようです。

この塔を使って金儲けしていいのは我が社だけだ。

裁判も辞さないのだそうです。

我が社が厳密に判断して、登場させるに値する作品であれば（どんな作品だ）許可してやってもいいのだそうです。

「嘘ぉ！」

「ホントです」

「カメラ向けたら写っちゃった、てのは」

「駄目でしょう」

「写メにたまたまオスプレイが写っちゃったら刑務所行きなのと同じだ」

「軍事機密だ」

「映画に偶然ってのはありませんし」

「それじゃあっち方向に画角がとれないじゃん」

「どうしてもと言われれば、後処理で消すしかありませんが」

「消しをかける手間暇も惜しい」

「これ以上仕事を増やさないでください」

それにしても、いわば勝手に（それも集金目的で）巨大な建築物を建てておいて、その空間を撮影不能にするなどという暴挙が許されて良いのでしょうか。

これは歴《れっき》とした都市空間、都市の景観に加えられた暴力です。

景観というものは独占すべきものでも、独占を許すべきものでもありません。

あの凡庸を絵に書いたような——いや、立体化したような建築物を賞賛するのは勝手ですが、それをもって他者の表現を規制しようなどとは思い上がりも甚だしい。

特定秘密保護法どころの騒ぎじゃない。

この国における「表現の自由」はとっくに有名無実化していたようです。

ポーランドで『アヴァロン』という映画を撮影していた時の話です。

ワルシャワの街の中心部には「スターリンの贈り物」と呼ばれる、巨大な建築物がありました。その建物は「スターリン様式」と呼ばれる、やたら威圧的で武骨な建築物なのですが、とにかく巨大なので街のどこからでも見える、ランドマークとしてはまさにうってつけのシロモノで、方向音痴の僕にとっては重宝な物件でした。

この建築物が、実はワルシャワ市民にとっては怨嗟《えんさ》の的なのでした。

もちろん、あの暗い社会主義の時代を思い起こさせるからです。

忘れようとしても、無視しようとしても、その巨大さがそれを許さない。なにしろ街のどこからでも見えるからです。取り壊そうにも、鉄筋コンクリートのビルならともかく、驚くべきことに巨大な石を積み上げて作られているので、並みの工事では歯がたたない。巨費を要する大事業になること必至なのですが、民主化されたばかりの国にはその費用もなく、ワルシャワに住む人々は忌むべき景観の下で暮らすことを強要されていたのです。「スターリンの贈り物」とは「スターリンの呪い」の謂であり、貧しくとも文化的であろうとするワルシャワ市民の、それは精一杯の諧謔《かいぎゃく》でもあったのです。

まさに権力者の巨大建築物による景観への暴力そのものです。

この時の経験が、「景観の支配」というテーマを考える契機になりました。

余談になりますが――。

それから数年後、今度は『スカイ・クロラ』という映画のロケハンで再びワルシャワを訪れた時、この「スターリンの贈り物」は見事に市街から消滅していました。

巨額の費用を負担して取り壊したわけではありません。

なんと件の建築物を高層のビル群によって（そのほとんどが外資によるのですが）包囲し、景観から覆い隠してしまっていたのです。それは歴史的に大国の支配を受け、忍従し続けてきたポーランド人たちのしたたかさ、逞《たくま》しい知恵であるのかもしれません。

ポーランド人はそのワルシャワの街を、「ポーランドで最も醜い街」と呼んでいます。

歴史を振り返るなら、巨大建築物は独裁者に共通の願望でした。

バベルの塔の故事を引き合いに出すまでもなく、権力者は常に巨大な建築物によって景観を支配し、そのことによって己の権力を誇示したがるものです。

いや、それは手段ですらない。

巨大建築物の造営による景観の支配こそが、実は権力の本質なのでしょう。

巨大な墳墓たるピラミッドもナチスの都市計画も、巨大建築物による権力の永続性の象徴的実現であったことは間違いありません。

それは「誇示」でなく、まさに「実現」であったのです。

廃墟のベルリンの地下壕《ちかごう》で、ヒトラーが最後まで壮麗な聖都ゲルマニア造営の夢を見続けていた、というのは有名な話です。

権力を実現するものは富でも力でもない、ただ景観の支配によってのみ、実現されるのかもしれません。

そして巨大建築物の中でも、ひときわ象徴的な存在が「塔」なのです。「全ての塔はうち倒されたり」と記した人物は、そのことを熟知していたのでしょう。

そして未だに、ある種の人々は「塔」を建てることに執着しています。「塔」こそ最も端的に景観の支配を可能とする形式である――そのことを本能的に知っているからでしょう。

だからこそ、「塔」を倒そうとする者も後を絶たない。

あの「双つの塔」もまた例外ではなかった。

がしかし、それにしてもこの「螺子回しの塔」は支配的であり権力的であるにも拘わらず、威圧的でも、暴力的ですらない。

ただひたすらに凡庸な姿を晒し続けています。

思えばあの東京タワーは、未だ戦後という歴史を象徴する「塔」ではありました。

だからこそ、繁栄を謳歌《おうか》する戦後に異を唱える怪物たちによって倒され、繭をかけられる存在たり得ていたのですが、その東京タワーを象徴の座から引きずり下ろした「螺子回しの塔」には背負うべき歴史が何もなく、象徴的存在ですらない。

その意味において、まさしく現在を象徴する「無為の塔」であるのかもしれません。

まさに「対地ミサイルを撃ち込む値打ちもない塔」ではあります。

第34回「やすくに」（安倍晋三首相靖国参拝問題）

安倍さんが靖国神社に参拝して、例によってそれを隣の迷惑な国が批判して、あろうことかアメリカにまで批判されたとか。

そのこと自体は毎度繰り返されたことで、参拝すべきかヤメときゃ良かったのかという議論は、実はどうでもいいと言えばどうでもいい類のことに過ぎません。「参拝すべきか否か」なんて議論は、何度も書いた「理不尽な選択」のひとつであって、議論することでむしろ事の本質が喪われていく、それこそ理不尽な状況を招くだけでしょう。

ここでもそのことに触れる気は毛頭ありません。

事の本質は単純です。

およそ歴史を持つ国家であれば対外戦争を経験しなかった国はなく、その戦争で生命を失った人々を顕彰し、祀《まつ》るための場所「無名兵士の墓」と呼ばれる施設が必ずあるものです。その国の国家元首が交替する時、あるいは年に一度の定められた日にその地を訪れて敬意を表する場所。外国の元首が訪れた時に、過去の経緯を問わずに表敬に訪れることが可能な場所です。

そこに祀られている人々は、階級や性別を問われることもなく、思想や信条や信仰も問う必要のない「不特定の誰か」でなければならず、だからこそ「無名兵士」であることが絶対の条件なのです。もちろんその地に遺骨が埋葬されている必要もありません。特定の誰か――英雄や将軍や政治家でないからこそ、歴史的ないきがかりを措いて、国外から訪れた要人が献花できるのです。

問題なのは、靖国神社という一宗教法人が「無名兵士の墓」としての条件を満たしていない、という事実にあるのです。

どの条件をどのように満たしていないのか――それを書くのは本文の主旨ではないので割愛しますが、少なくとも靖国神社を首相が参拝すべきか否か、などという不毛な議論に割く時間があるのなら、この神社が辿った歴史過程を調べることから始めるべきなのであって、その手間を惜しむべきではありません。別段、苦労といえるほどの苦労はありません。アマゾン図書館で探せば良いのです。

新聞や週刊誌でお手軽に済ませようとするなら、例によって「理不尽な選択」に誘導されるだけなのであって、そもそも議論に先行すべき知識もなしにまともな結論に到達するわけがないのですから。

ウィキペディアも参考文献を探す役に立つだけです（それもアヤしいですが）。

何度でも繰り返し書きますが、物事を真っ当に考えて結論に到達する手段はひとつしかないのです。

正しい順番に考えること、これに尽きます。

靖国神社の参拝問題について語るなら、まずは靖国神社がいかなる歴史過程を経て現在に至ったのか、その事実過程を知ることが「正しい順番」を見出すための前提条件となります。

この国の近代化の過程――国家意識の創成が何を必要とし、それを帝国陸軍やら海軍やらが自らの都合でどのように歪め、戦後のGHQ統治時代に遺族年金を打ち切られようとした遺族たちがどう利用したのか。その過程で「無名兵士の墓」たるべき靖国神社がいかに本質を喪っていったのか。

事実関係の認識の積み重ねこそが、「物事を考える順番」を自動的に導き出してくれる筈です。

繰り返しますが、新聞も週刊誌もテレビも全て時間のムダです。

マスメディアというものは常に「現在」を語ることでイッパイであり、過去に遡って物事を告げる余裕を持たないからです。

もちろん、この小さなコラムでそれを語る余地などありません。

何事であれ物事の本質を語るには「一冊の書物」が必要なのです。

その一冊に出会うためには、それが「その一冊」であるかどうかを理解するための見識が必要であり、「その一冊」のリストなどという便利なものはこの世に存在しません。そして、だからこそ「一冊」に出会うために（大袈裟に言うなら）「万巻の書」を読破する過程が必須となるのです。

そんな手間暇《てまひま》をかけるような余裕なんかねえ、という貴方。

そんな貴方のために、とっておきの方法を伝授しましょう。

貴方に代わって「万巻の書」を読んでくれる人物が、この世界には確実に存在するものです。

その人物を探し出せばよろしい。

言っておきますが、私のことじゃありません。

私は言われる程の読者家ではありませんし、『ガルム戦記』やら『パトレイバーTNG』やらの撮影で忙しく、その激務を縫ってこのメルマガの原稿を執筆しているくらいなのですから、「万巻の書」と向き合ってる暇など、これっぽっちもありゃしません。

そんな暇があったら犬と散歩もしたいし、お姐ちゃんと飲みにも行きたい。

ところが犬と散歩したり姐ちゃんと飲みに行くことよりも、物事を正しく考えたいと念じ、そのことに生涯をかけることこそ生き甲斐なのダ、という奇特かつ敬意を払うべき人物はいるものなのです。

無論、そんな「奇特な人物」のリストなどというものもありません。

なんでも検索できると思うその根性が、既にして決定的にダメなのです。

なんでえ堂々巡りで何も判らねえじゃん、と思う貴方。

貴方は短気が過ぎます。

物事には順序というものがあるのですから、話は最後まで聞きましょう。

誰にでも「この人の書いているものには何かしら説得力があるな」と思う作家や評論家がいる筈です。

とりあえず、それは誰でもよろしい。

作家でも評論家でもいいのですが、ジャーナリストやニュース番組のキャスターはいけません。マスコミに名を売っている人たちは、「マスコミに登場している」時点で、「物事を順番に考えないマスコミ」の許容範囲に留まっているのであって、すでに「物事を順番に考える」人物ではないのですから。

アニメ監督なんか問題外です。

なんとなく説得力があると感じることのできる著作家（であることが条件です）。

その人物の著作を漏れなく、全て読むことが重要です。

絶版本も探しだして読むべきです。

アマゾンだけでなく、公立図書館も有効に利用しましょう。

なにしろタダですから。

ただし、図書館になんでもあると思うのが錯誤であるのは、アマゾンで全ての用が足らないのと同じことです。

全ての著作を読むことがなぜ重要かと言えば、個々の著作から得る知識よりも、その人物の教養の拠ってたつところ——体系の如きものが理解できてくるからです。歴史上の誰の書物を読み、どんな教養を身につけ、何を体験し、どのような思考法を獲得したのか。

その人物の説得力が何に由来するのか、を知ることが重要です。

友達の友達はみなトモダチです。

あとは枝葉を拡《ひろ》げていけばよろしい。

彼もしくは彼女が読んだ本を追体験し、知見を広げ、結果として、その人物に対する物足りなさに思い当たるところまでいけば、しめたものです。

彼もしくは彼女の説得力の根拠となる書物は、どの時代の誰の著作であり「その一冊」は何なのか。

ほぼ例外なしに、それは「古典」と呼ばれるものである筈です。

ここまで読んで、それならいきなり古典を読めばいいのか、と勝手に得心してはいけません。

一足飛びに「古典」など手にしたひにゃ、破滅は必至です。

それはただの「教養主義」になるだけであって、「古典に至る道筋」を辿らずして「古典」なるものの意味を知ることは叶いません。

いきなり『資本論』やら『戦争論』やら『聖書』やらに挑戦し、惨めに敗退した私が言うのですから間違いありません。

敢えてくだくだしく書いてきた、その真意を汲み取って戴きたい。「古典」は難攻不落の要塞の如きものであって、無謀な正面攻撃でこれを落とす愚を犯すなとは『孫子』の説くところ（だったかな）でもあります。

未知の領域に踏み込むには、ガイドというものが必要なのです。

その領域に踏み込んだその時に、ガイドの力量というものも知れるのです。

それはそれでいいのです。

敬意を払いつつ、直ちに古本屋に売り払ってもよろしい。

お判りでしょうか。

不特定の著作家から出発して、そこからさらに知己を得て、自分の思考を鍛えるという方法以外に「その一冊」に出会う術《すべ》はありません。

古今東西の思想家が、同じ道を歩んできたのです。「天才」というような言葉は学芸の道にだけ存在するのであって、思想の世界にはカンケイのない言葉と知るべきです。

だからこそ「天才とバカは紙一重」なのです。

なんだか靖国も参拝もカンケイない文章になりましたが、そのことの是非について語る気はないと、あらかじめ申し上げた通りです。

編集部の予告する「古典のススメ」の予告編の如き小文となりましたが、本当にやるかどうかだって判らない予告なので（私はヤると言った覚えはない）思いつくままに書いてみました。

何かのお役にたてば何より。

最後に、なんぼなんでもタイトルと中身が違い過ぎるので、靖国問題を語るならこれはお薦めという書籍を紹介しときます。

兵頭二十八『日本人が知らない軍事学の常識』（草思社）。

例によって兵頭さんです。

タイトルからは想像もつかないでしょうが、靖国参拝問題の本質はこの本の第8章に語り尽くされています。

ただし、ここから出発して国家というものの本質に思考を向けなければ、この本を読む意味はありませんし、靖国参拝問題を語る意味もありません。

マーカー片手に熟読してください。

とりあえず、いますぐアマゾンでクリックしよう！

んじゃまた。

第35回「ぎょくと」（中国月面探査車「玉兎」打ち上げ）

月のウサギのお話です。

と言っても、お伽話《とぎばなし》やファンタジーの話ぢゃありません。中国の宇宙開発についてのお話です。

中国が宇宙開発に大金をブチ込んでいる、という事実はあまり知られていないようですが、ホントです。

人工衛星はもちろん、有人宇宙機も飛ばしてますし、去年の12月には月面に「嫦娥《じょうが》3号」という無人探査機を送り込み、搭載していた無人探査車「玉兎《ぎょくと》」が活動を開始しています。というか、その「玉兎」クンは動き始めてひと月ほどで「凍死」したようなんですけど。なにしろ月の夜は十四日も続くし、恐ろしく冷えますから。「嫦娥」は月の仙女さまで「玉兎」はその召使の白ウサギの名前だとか。

中国もなかなか洒落《しゃれ》たネーミングをするもんです。少なくとも日本の宇宙開発関係者の脱力する命名よりセンスがあります。まあ大仰といえばその通りですが。

で、その「玉兎」が凍死して、誰も口にはしませんが、おそらく日本人の半分以上は「やーい、ざまあみろ」と思ったことでしょう。中国共産党の指導と人民の不屈の意志さえあれば何でもできると思ったら大間違いだい——と、そう思ったに違いありません。

僕は思いました。

貴方も思った筈です。

オトナですから、口には出さなかったでしょうが。

まあ、NASAのスペースシャトル「チャレンジャー」の爆発事故の時、東小金井の巨匠は万歳三唱して顰蹙を買いましたけど。根が正直な人なんです。スペースシャトルが大嫌いなのは理解できますが（僕もキライです）職場でバンザイを叫んじゃダメでしょう。

オトナなんですから。

NASAが十年前に、月どころか火星に無人探査機を降ろしたことを思えば、それこそ「十年早いんだよ」というところでしょうか。

がしかし、ちょっと待って戴きたい。

実は中国の「玉兎」の「凍死」を笑ってる場合じゃないのです。

それじゃ怒ればいいのか、というのが本題です。

考えてみれば（考えなくても同じですが）実は日本は月面への無人探査機の軟着陸どころか、有人宇宙船の開発すらできてないんですから。アメリカの実績を引き合いに出して嗤《わら》うなんてのは、大店《おおだな》の丁稚《でっち》が屋台の親父をバカにするようなもんです。

いや、日本は月面に無人探査機だの有人宇宙船だの、大国を気取って無駄なカネを使う必要なんかないんだ。身の程も弁《わきま》えずに宇宙ショウで国威発揚なんて、子供じゃないんだから。なにしろオトナだし。

宇宙開発なんて名より実を採って、まずは経済再建だ——と、大方はそう思っていることでしょう。

果たしてそうでしょうか。

「宇宙開発」は大国の名誉や見栄のための「宇宙ショウ」に過ぎず、「身の程を弁えて」そんな浪費には手を出さないのがオトナってもンなんだと、果たしてそう言い切って良いのでしょうか。

そもそも「宇宙開発」とは何なのか——例によって、これもまた「順番に物事を考え」てみれば、意外な答えが出るような気がします。

というか、すでに「意外」でも何でもない解答が出ているのです。

だからこそ、そのことについて書けるんですけどね。「宇宙開発」は「人類の夢」とは何のカンケイもありません。

そもそもの発端となった「アポロ計画」が（暗殺された）ケネディによって宣言されたとき（何を隠そう）僕は狂喜しましたね。

なにしろ中学生で、ということはバカであり、しかもSF小僧でしたから。

いよいよ宇宙時代（という言葉があったんです）が始まるのダ。人類の永遠の夢である宇宙旅行が実現して、ぎりぎりセーフで俺も火星に行けるかもしれない。いや必ず行くのだ。いまこそ道は拓《ひら》けた。なにしろ、あのアメリカがヤると言ってるんだから、大統領が決めたんだから間違いない。

あとはカラダを鍛えて待つだけだ、とそう考えたとしても無理はありません。

中学生でバカだったからです。

救いようのないSF小僧だったからです。

いや、中学生でもバカでもなく、SF小僧でもなかった日本人の少なくない人々がそう思ったかもしれません。

あの小松左京さんだって、そう考えたに違いありません。

「スプートニクが軌道に乗ったからといって、それで人間が変わるのか」と発言した高名な文学者に、情熱溢れる反論を返した方でしたから。

果たして「アポロ計画」は「人類の夢」を実現するための壮大なプロジェクトだったのかと言えば、こんにち良く知られているように、それはアメリカが西側陣営のリーダーとして悪玉ソ連に勝利を収め、その覇権を世界に広げるための戦略であり、ロマンやファンタジーとは何のカンケイもない国内産業の再統合計画であったのです。

言ってみれば「アポロ計画」も冷戦の産物であり、アメリカという大国がその将来にわたる生存を賭けた大バクチであったのです。レーガンがソ連経済を破滅に追い込むために仕掛けた大ペテンの「スター・ウォーズ計画」と同じようなものです。

違いといえば、ケネディの「アポロ計画」は実を結んだけど、レーガンの「スター・ウォーズ計画」は一場の夢と消えただけ。まあソ連に引導を渡したという意味でいえば、レーガンはケネディの正当な後継者だったといえないこともないですが。どうせ本人が考えたわけじゃなくて、ブレーンの秀才たちが立案したんだし。

そもそも大国の権力者は宇宙だのロマンだの、そんな夢は見ないものです。

中学生でもバカでもなく、もちろんSF小僧でもないからです。

これからの世界経済を領導するのは科学技術であって他にない。宇宙開発という大命題を掲げて国力を一点に傾注し、科学技術の最先端たる宇宙航空産業を育成し、その裾野を拡げることで大量の雇用も促進し、産業構造を再統合して国力を増進し、競争相手ども（含むヨーロッパ）に大きく水をあけるのダ。それが可能なのはアメリカだけだ――というのが「アポロ計画」の正体であり、宇宙開発の本質であるのです。

国家的な投資というやつは経済構造の頂点に惜しみなく注いで、下流に拡げたときに最大の効果を実現するものだ、と兵頭さんも言っております。ロケットからソフトウェアに至る技術はもちろん、そのままＩＣＢＭやＳＬＢＭに転用可能だし、科学技術と軍事技術はその内実において何の違いもありゃしない。そのためには思想的にアヤしい元ナチの科学者だって、使える奴は誰でも使いました。

その半世紀にわたる努力がいかなる結果をもたらしたかは、すでに御案内の通り。

宇宙航空産業はアメリカの一人勝ちで、先進技術はアメリカの寡占状態。ＯＳから戦闘機までスタンダードはアメリカであり、タイフーンや（フランスが意地だけで作った）ラファールはラプターが登場した瞬間に型落ちと成り果てて、その差は永遠に埋まらないでしょう。

というところで「玉兎」クンの話に戻ります。

中国の指導者はトンデモ人間たちですが、バカじゃありません。

中学生でもＳＦ小僧でもありませんから。

間違いなく、あの人たちは本気です。

本気もホンキ、大マジで「宇宙開発」に取り組むつもりです。「全ての人民がパンイチになっても開発する」と宣言して、本当に核兵器の開発に成功しちゃった先人(毛沢東のことです)の残した模範もありますから。

核のない中国だったら、国際社会における今日の中国の地位はありません。

笑ってる場合じゃありません。

で、日本はどうするべきなのか、と話は急速に結論に接近します。

結論から先に言うなら、日本も月面に「因幡1号」を送り込むべきです。

ロケット技術に関しては、一瞬だけ世界レベルにあった実績もあるわけですし、ぶっちゃけた話、ヤると宣言するだけでも良いのです。なんなら「因幡1号」を月面に送り込んだのダ、と嘘ついちゃってもいいのです。虚構ならお得意ですから、偽映像ならいくらでも不肖オシイが作って差し上げます。

ヤると言い張ることが大事なのです。

もしかしたら日本人ならホントにヤるかも、と世界が思ってるうちです。

どうせヘタレだし、ダメに決まってるじゃん、と思われるようになったら(すでになりかけてますが)もうこの手は使えません。

思えば、つくづく民主党はダメな奴らでした。先端技術や基礎研究にカネを惜しんで「そんなものが何の役に立つのか」という態度は、国家の指導者としては問題外であり、人外魔境であり地底獣国です。「生活が第一」なんて言ってる政党も一緒です。

国家には国家にしかできないことがあります。

先端技術や基礎研究、外交や国防は国家の専任事項です。

これらをなおざりにして、選挙向けに口当たりのいい台詞を連発してるような輩はことごとく国家反逆罪です。

親父が買ってきた超合金やマスターグレードを見て「そんなもの何の役に立つのよ」とイカる主婦と同じです（少し違いますが）。

日本の「因幡計画（仮）」をいますぐ起ちあげるべきです。

間違っても「かぐや計画」とか「竹取プロジェクト」などと命名してはイケません。

今ならまだ間に合う。

ところで、あの「宇宙旅行協会」創設以来の会員で、ナチの政権下でユダヤ人やロシア兵捕虜に奴隷労働させて（その半数は死亡）報復兵器V２を量産した、あのフォン・ブラウン博士――「アポロ計画」にも大きく参与したブラウン博士は、どこまで「人類の夢」というやつを信じていたのでしょうか。

もしかしたら信じていたのでしょう。

そのためにはナチだろうが、ヤンキーだろうが相手は誰でもいいし、殺戮兵器の開発にだって無葛藤で関わったのでしょう。

中学生じゃありませんが、たぶん間違いなくＳＦ者ですから。

第36回「そち」（ソチ冬季オリンピック開催）

お殿様の「あなた」じゃありません。

冬季オリンピックのお話です。

なんだってこんな場所でやるんだ、と世界中のオリンピック関係者が思ったことでしょう。

何と言っても、政治的にホットな地域の、しかも真ん中くらいの場所です。

テロリストたちの庭先——は言い過ぎでも、お隣くらいの場所です。

おまけにリゾート地で本来が雪の多くない土地のようです。

まるでバカみたいですが、プーチンのゴリ押しですから。

不思議で仕方がないのは、そのプーチンのゴリ押しをなぜ誰も止められなかったのか、その理由です。国際オリンピック委員会はプーチンに巨大な借りでもあるのか、それとも委員たち全員がＦＳＢ（ロシア連邦保安庁）にスキャンダルを握られているのでしょうか。

誰かに教えて欲しいのですが、テレビを見ても新聞を読んでも、誰も何も語っていないようです。

謎です。

実は冬季オリンピックにはほとんど興味がありません。

というか、そもそもオリンピックそれ自体に興味が薄いのですが、陸上選手のステキな身体を見るのは大好きなので、いちおうは見ていたのですが、冬のオリンピックには、そういった意味でもそそられるものがないので——邪念を喚起するものがないので、あまり見たことがありません。

フィギュアスケートは冬季オリンピックの華なのだそうですが、あのショウアップされた肉体や衣装はどうしても好きになれませんし、特に男子選手は全員が★★にしか見えず、他人の自己陶酔に感情移入を強制されているようでイヤなのです。日本人の大好きなジャンプも、あれは要するにカメラアングルの魔術なのであって、実体は浮き上がってスッ飛んでいるだけですから。スピードスケートに至っては不格好なウルトラマンがジタバタしている風にしか見えませんし。

昨今話題のカーリングなんて、あれはオリンピック競技だから姐さんたちが可愛く見えるだけで、そもそもあのルールを理解している人間がどれほどいるのでしょうか。

お好きな方たちが激怒しそうな感想ばかりで申し訳ないのですが、そうとしか思えないのですから仕方ありません。

そんな私が例外的に、これは――と感じるのが滑降とスーパー大回転です。

あれは凄い。

他のアルペン競技――回転系はエッジを利かせてクルクル回っているだけで、どうだどうだオレ様のテクニックを見てみろと言っているようで（言葉にはしていませんがカラダがそう語っています）不愉快なのですが、滑降系は素晴らしい。

滑降はアルペンの王者、という言葉も納得できる、まさに王者の競技です。

なんと言っても、己の身ひとつ、人間の脆弱《ぜいじゃく》な身体を晒して時速150キロ超で突撃するのですから、これが文字通り命懸けの競技であるのは、ゲレンデで直滑降の恐怖に耐えた経験のある者なら誰でも納得できる筈です。

実は何を隠そう（という程のもンじゃありませんが）私もかつて、ほんの一瞬だけですが、スキーにハマっていた時期に試みたことがあるのです。

あれは恐ろしい。

やめられないとまらない、のかっぱえびせん的快感と恐怖心のアンビバレントな興奮に血液が沸騰し、アドレナリンが無制限に湧出します。

まあ、結局は生存本能が勝って止めちゃうんですが、このままカッ飛ばしたらどうなるんだろう、と考えて実行した人間たちの競技なのでしょう。

生存本能を無視できる無謀な人類だけに許された競技であり、その無謀さに応じて結果が出る、恐るべきスポーツです。

しかも同じ重力の生み出す速度を、スカイダイビングなどと違って己の肉体のみで制御して生還しなければなりません。落下傘どころかドラッグシュートすら着けてませんから（三浦さんは富士滑降で着けましたが）。

なぜプロテクトギアを装備しないのでしょうか。

もちろん空気抵抗や重量を考えているのでしょうが——それよりも何よりも、あの凄まじい速度を、可能な限り己の肉体でダイレクトに体感することを優先させているのでしょう。文字通り、装備すべきは根性とワックスの世界です。

肉体の危険度という意味では最強（最凶）のスポーツです。

そのガッツプレイに女性が挑むのですから、女子滑降は興奮度最大です。

ウルトラの母どころでない、スーツが裂けそうな肉体です。

その彼女たちが重力に身をまかせて突撃する姿は、これはもう無条件に美しい。

氷の上で自己陶酔してる場合じゃありません。

そんな私が新たに発見した、根性系の競技がバイアスロンなのです。

地味に見えるでしょうが、あれはキツい。

なにしろクロスカントリーの走り込みと22口径の精密狙撃を交互に繰り返すのですから、そもそもが人間の肉体と精神の集中力を完璧に無視しています。クロカンでバヒバヒ状態から、狙撃に必要な精神と肉体の均衡状態へ移行するというのは、常人が想像する以上の難事で、これを可能とする根性は半端ではありません。

恥ずかしながら、年に二回ほど私費で、狙撃訓練もどきを（念の為に言っておきますが、外国の射撃場で完全に合法的に）やらかしている私が言うのですから間違いありません。

その超根性系の競技に女性が挑むのですから、見逃す手はありません。

女子バイアスロンは必見です（もう終わっちゃいましたが）。

ゴールに滑り込み、そのまま倒れて喘ぐ姿を堪能しました。

繰り返しますが、氷の上で自己陶酔してる場合じゃありません。

実は、あれはあれで相当にキツいのですが、知ってて敢えて書いてます。

なぜかと言えば、つい最近までこの種の競技はほとんどテレビ放映されることがなく、冷遇されつづけてきた歴史があるからです。

ちなみに、オリンピック競技には制定されてませんが、一般のバイアスロン以外に軍用銃を用いる（22口径でなく軍用の30口径ライフルを用いる）競技もあるそうですが、是非見てみたいものです。

もともとが、クロカンを始めノルディック競技そのものが、雪中戦闘訓練から派生したものなのですから、軍用銃使用のバイアスロンがあっても当たり前であって、なんら不思議ではないのです。

どうも今回は邪《よこしま》なお話ばかりで申し訳ないのですが、スポーツというものは、本来そうしたエロティックな情熱を根本に抱えているべきものなのです。

オリンピックだって例外じゃありません。

少なくとも、そのくらいの個人的感情を持ち込まなければ、阿呆らしくてプーチンのゴリ押しにつき合っちゃいられません。

まあ、つき合う義理もなにもないのですが。

それにしても——なぜ誰もプーチンを止められなかったのでしょうか。謎です。

第37回「まお」（浅田真央選手と森元首相）

毛沢東（まお・つぉーとん）のことではありません。

フィギュアスケートの浅田真央さんのお話です。

元首相の森さんが彼女を評して「あの娘は大事な時に必ず転ぶ」と語り、盛大なブーイングを浴びた、とか。こんなオヤジに２０２０年の「東京オリンピックｐａｒｔ２」の組織委員長を任せていいのか、ということのようです。

ショートプログラムこそ絶不調であったものの、フリーで最高の演技を見せた浅田はよく頑張った。それなのにこのオヤジの無神経な物言いは何事だ、という情緒的な反応はそれなりに理解できますが、実を言えば「大事な時に必ず転ぶ」という感想は、おそらく日本中の半分以上の人間が抱いた感想なのではないでしょうか。

大人だから口に出しませんが、普通は。

元首相である森という人物の人間性はよく知りませんが、私見によればこの人の感性は巷《ちまた》に溢れているごく普通のオヤジのそれであり、飲み屋で吹き上げている分には良かったのでしょうが、その禁断の台詞を元首相で、なおかつ東京で開催される予定のオリンピックの組織委員長の身を顧みずに口走ってしまったことが問題なのであって、それ以上でもそれ以下の問題でもありません。

誰もが思っていながら口にしない、その言葉を語れば「世界の半分を怒らせる」に決まっています。政治家としては迂闊に属することでしょうが、ひとりのオヤジの行為としては充分に納得できることです。「森ちゃん、それを言っちゃダメでしょ」でオシマイです。

政治家としては迂闊ですが、元々が迂闊な人ですから。

そんな迂闊なオヤジの迂闊な失言事件など、どうでもよろしい。

シンちゃんの「またやってもうた悪口雑言舌禍事件」やミヤさんの「スペースシャトル爆発万歳三唱事件」と大同小異の、しょうもないオヤジのしょうもない与太話に過ぎません。

問題なのは浅田真央さんがなぜ転ぶのか、にあります。

あらかじめ言っておきますが、彼女が大舞台でなぜ転ぶのか、などという問題について客観的かつ合理的な「解答」などというものは存在するわけがありません。

おそらくは彼女本人にだって判らないことでしょうから。

しかし「転ぶ」という原因は究明できなくとも、「転ぶ」という印象をなぜ持たれてしまうのか、については「解答」を導き出すことは可能な筈です。それはつまり彼女本人の問題である以前に、彼女を取り巻く環境にその要因が求められるべき社会的問題であるからに他なりません。

事実関係は（当事者を含めて）誰にも語れないとしても、そのことの持つ「意味」というやつを語ることは常に可能であり、ある「事件」について語るという行為の価値はそれ以外にありません。

浅田真央がなぜ転ぶか――その傾向と対策に関しては、コーチやセラピストに任せておけばよろしい。以下はその前提に基づくお話なので、誤解のないように。

一般にフィギュアスケートに限らず、採点競技というものには必ずある種の「グレイゾーン」が存在します。

なにしろ人間のやらかす行為を、同じ人間が評価しようというのですから、原理的に言ってこれは当たり前の話です。ただ問題はこの「グレイゾーン」を支配する原理が、個人の情実のみに留まらず、そこにある種の「政治的配慮」が入り込む、もっと有り体に言うなら政治的配慮によって予定調和的に成立しているという事実にあります。

競技スポーツというものは、それを見る膨大な数の「見物のアマチュア」と「専門技術のプロ」という組み合わせによって「競技」としての社会性――それを支える経済原則を獲得できる形式であり、そうである限りにおいて競技者および団体の周辺に閉ざされた運命共同体（インナーサークル）を生み出すようになっています。そしてそうである以上、その競技の判定にある種の政治性——判りやすくイカサマ・依怙《えこ》贔屓と呼んでも良い——を要請するものです。

国際競技としての母数が極端に少ないフィギュアスケートのような、その見せかけとは裏腹にマイナーな競技の場合、この傾向が顕著にならざるを得ないことは明らかでしょうし、その判定基準が「見物のアマチュア」に理解し難いという条件がこの傾向にさらに拍車をかけることにもなります。

まあ、そんなことを根掘り葉掘りホジくりかえすほど、「見物のアマチュア」はヒマじゃありませんから。

選手たちは一種の社交クラブ（インナーサークル）の中でしか競技者として存在できないのですから、競技を続けたいという意思があるのなら、その判定に対して揉《も》め事を起こす気は端からありません。イカサマや贔屓が純粋に「政治的配慮」に基づくものである限りにおいて、ですが。

公式ルール以前に、あるいは純然たる技術以前に、そのシキタリ（慣行）に従うつもりでいる選手とコーチのみに脚光を浴びるチャンスがあるのだ、という仕組みを、インナーサークルは歴史的に作り上げてきたのですから。

新参者がイチャモンつけるな、という次第でしょう。

この辺の事情は、ヨーロッパの歴史のある映画祭に出品された日本映画やアニメがどのように扱われてきたか、という事情によく似ています。

映画祭もまた、典型的なインナーサークルのひとつですから。

いえ、決して負け惜しみでなく。

まあ、この辺の仕掛けについては、私などがくだくだしく書くまでもなく、例によってあの兵頭二十八さんが『日本人のスポーツ戦略』において詳述されているので、そちらを是非とも参照されたい（※兵頭二十八『日本人のスポーツ戦略――各種競技におけるデカ／チビ問題』四谷ラウンド）。ちなみに、兵頭さんはその前書きで「インターネット時代に活字に印刷して読者から代金を取っても許される情報とはどんなものか（中略）ここに書いた論説は、この書籍を貴方が書店で購入する費用と同じ費用を以て、他の媒体から得ることはできないことを、このまえがきにおいて予言できる」と書いています。

物書きと呼ばれる人たちには、このくらいの気構えをもって戴きたいものです。

お前のことだ――というツッコミがありそうですが。

まあ、これは余談ですけど。

今回の問題——浅田真央がなぜ転ぶか、という問題に関しては、この本を読めばあらかた解決ぢゃん、ということに気がついたので、いきなり結論になります。

要するに、この種の競技種目にまつわるインナーサークル問題に無知な、もしくは考えたくない怠惰な人々が、原理的に無理難題であるメダルへの期待という空気を醸成し、選手たちは自らを取り巻く実情と要求の矛盾した場で演技せざるを得ず、その結果として「転倒」という「無意識的作為」を選択するのだ、というのが私のやや（相当に）穿《うが》った見解なのです。

彼女はショートプログラムで転倒という決定的な失態（実は減点1）を演じ、それにも拘わらず見事に立ち直ってフリーでは完璧な演技を披露したものの、メダルを逃した悲劇的な選手（ヒロイン）として、ジャンプ連発で銀メダルをゲットした伊藤みどりさんよりも大きな印象を残すことになったのです。

映画監督としてどちらの脚本を選択するか、と問われるなら一も二もなく浅田真央の演じたドラマを（その容姿も含めて）選択するでしょう。

そうでなくては、そもそも職業監督とは言えません。

念の為に、いまいちどしつこく言っておきますが。

僕は浅田真央が企《たくら》んだ、などとは一言も言っていませんし、書いてもいません。

彼女にそんな政治的作為があったなどとは滅相もない。

おそらくは競技者としてあまりにもナイーブなのであろう、浅田真央という一個人にはいかなる悪意も持っていません。「無意識的作為」と呼んだ所以《ゆえん》であります。

もはや理不尽な場で演技すること無く、存分に滑りかつ踊る奔放な第二の人生を祈ります。

その一方で浅田真央のライバルであるキム・ヨナさんはと言えば、彼女は大変にクレバーな方とお見受けしましたが、競技者を取り巻くインナーサークルの事情をよく理解していたように思えます。

メダルへの無理無体な要求は日本どころの騒ぎではなかった筈ですが、その現実と非現実の狭間《はざま》で、ほぼ完璧な演技を披露した力量はさすがの一言に尽きます。

演技後の「これで全てが（理不尽な状況が）ようやく終わった」という、あの爽やかな表情は大変に印象的でした。ロシアの十七歳に金メダルが予約されていた事情に鑑みれば、キムさんの銀メダルは自身に誇るべきものでしょう。

それに引き換え、再審査を要請した韓国の対応は、これはもう彼らが国のレベルにおいて現在の国際競技における暗黙のルールを理解していない証拠であり、要するに「近代未満の国家」であることを自ら世界に証明してみせた事件ではありました。

こういうのを「大人げない」振舞いと呼ぶのです。

あ、最後につけ加えるなら、僕個人としてはイタリアのオバさんの演技が一番良かったように思いました。

あくまで「アマチュアの見物人」の「私見」ですけど。

第38回「三年後」（東日本大震災後の世界）

映画の中で「それから三年後」とテロップが出れば、それは世の中が変わり、登場人物の立ち位置も変わったという事実を、観客に知らせる記号（合図）だと思って間違いありません。

主人公が旅（刑務所を含む）から故郷（娑婆《しゃば》）に戻ってみれば、慈父のようだった組長は拝金主義者に変貌し、恋人はカタギと結婚して子供なんかポコポコ産んで、自転車に乗っけて買い物に行ったり、塾なんかに通わせたりしています。変わっていないのは主人公を「兄貴アニキ」と慕う愚かな舎弟だけ――殴り込みまであと1時間半です。

いったい何の話かといえば、震災から三年が経過して、何が変わり何が変わらなかったのかというお話なのです。

震災後の日本は変わらなければならない、再び震災以前の日本に戻してはならないのだ、と考えている人は多いのでしょうが、震災から三年が経過したいま、日本の社会は確かに変わったと感じている人は、実はほとんどいないのではないでしょうか。もちろん震災で家族を喪った人々や、原発事故で生活の手段を奪われた住人たち――震災がもたらした現実を未だに生きている人々の存在を別にすれば、の話です。

彼らの現実は決して震災以前には戻らないのですから。

震災の直接の被害者とそうでない人々の生きる「現実」は同じにはなり得ない。人の生きる現実はそれぞれの立ち位置に因って異なるし、その隔たりを越えるための魔法の「言葉」もまた存在しません。「絆《きずな》」という言葉をいくら強調してみても、その事実は変わらない。

そのことは、たとえば先の戦争をついに国民の共通の体験にし得なかった、というこの国の歴史過程からしても明らかでしょう。「敗戦」という事実をいかに総括するか――歴史から課せられたこの宿題を、この国に住まう人々は上から下まで忘れて、いや忘れたふりをして半世紀以上の歳月をやり過ごしてきました。

あの戦争を忘れてはならない、とは良くぞ言ったものです。

宿題を提出するのがイヤだったので、学校に行くことを止めてしまったのがこの国の戦後だ、と喝破したのは岡部いさく氏でしたが、卓見でしょう。

戦争（敗戦）の惨禍を忘れてはならないが、なぜ戦争を始めたのか、いかにしてその戦争を遂行して敗れたのかについては考えたくない、忘れたい、忘れたふりをして生きていたい。二重価値以前の不誠実極まるその生き方が何をもたらすかと言えば、それは倫理的退廃であり、そして歴史からの復讐《ふくしゅう》です。「戦争」という言葉を「震災」「原発事故」に置き換えてみれば、それは明らかでしょう。

震災は自然現象であっても、その震災がもたらした原発事故は、この国に住む人々が宿題を忘れたふりをして生きてきた、その直接の結果です。

僕が福島第一原発のメルトダウンを、広島、長崎に次ぐ「第三の原爆」だと言ったのは、そういう意味なのです。

第三の原爆を日本に持ち込んだのは、他の誰でもない日本人自身です。

しかも原爆投下から半世紀も経たぬ時代に。

御丁寧にも原爆を投下した、当のアメリカから輸入したのですから念の入ったことです。「忘れてはならない」と訴える一方で、「なぜ」「いかにして」については都合よく忘れたふりをする——この国に暮らす人々の精神構造は、摩訶《まか》不思議と言うしかありません。

歴史は繰り返す。

震災後の三年とは、この醜悪な愚劇の再演に過ぎませんでした。忘れてはならないと念仏のように繰り返しながら、都合の悪いことは速やかに忘れ去っていく——もしくは忘れたふりをする。

原発再稼働の危険性など口にするまでもなく、この不誠実な生き方を変える気がないのだとするなら（間違いなくそのつもりなのでしょうが）いずれは第四、第五の原爆がこの国に惨禍をもたらすに違いありません。

この国には廃棄もままならぬ「原爆」が数十発も眠っているのですから。

昨日と同じ明日が来る、そのことのみを望んで今日という日を送るなら、原発再稼働は避けられぬ選択となるでしょう。

再稼働を拒否するなら（廃炉という選択肢は技術的展望としてすら存在しません）地球温暖化も京都議定書もすっぱりと忘れて（すでにほとんど口にする者もいませんが）石油を派手に燃やし続けるしかなく、しかしその石油エネルギーの枯渇《こけつ》もまた間違いのない未来であり、その代替エネルギーについては全くの未知数なのですから、他に選択の余地などあろう筈もない。

原発か石油か――この選択もまた「理不尽な選択」の典型ではあります。

次から次へと「理不尽な選択」を迫られ、その都度これに場当たり的に対処するしか方途がないという悪夢的な状況は、今後も続くでしょう。

そして破滅がやってくる。

その破滅の拠って立つところは何かと言えば、要するに「忘れたふりをする」という行為の有効性は心理的な範疇においてのみ成立する、という単純な事実に落ち着くでしょう。宿題を提出するのがイヤで学校に行くのをやめちゃっても、現実の歴史過程はこの国の除籍を認めやしないからです。

現実に生起した事実を前に、かくあるべきだったと考えることは誰にでも可能です。ジャンケンに負けてから、グーでなくチョキを出すべきだったと考えることを反省とは呼びませんし、だからオレがチョキを出せと言っただろうが、というのを議論とも言いません。相手が何を出すか判らないジャンケンにいかに備えるか、だけでは不充分でしょう。ジャンケンそのものが「理不尽な選択」なのかもしれないと考えてみる、そのような態度をして「最悪事態への想像力」（兵頭二十八）と呼ぶべきなのでしょう。

それから三年。

主人公が旅（刑務所）から故郷（娑婆）に戻ってみれば、依然として組長は拝金主義者のままであり、恋人は結婚して子供なんかポコポコ産んで、自転車に乗っけて買い物に行ったり、塾なんかに通わせたりしています。

主人公を「アニキ」と慕う愚かな舎弟も、相変わらず愚かな舎弟のままです。

主人公は誰のために、どこへ殴りこむべきなのか悶々と悩んだ挙句に鬱になる。

あるいは思い余って組長を殺害し、返すカタナで恋人をも血祭りにあげる。

これもまた理不尽な選択ではありますが——いずれにせよ、貴方が見たい映画にはならないでしょう。

僕もそう思います。

第39回「いんふる」（鳥インフルエンザ大流行）

ウクライナ情勢について書こうかな――と思ってましたが、やめます。

なにしろ見ての通りの展開ですから。

結局のところロシアという国は、19世紀からなあんにも変わっていない、というだけの話です。

というわけで急遽《きゅうきょ》、「鳥インフルエンザ」のお話です。

熊本県の養鶏場で鳥インフルエンザ（H5型）が発生して1100羽が死亡、そのうちの2羽からウイルスが確認されて、11万羽以上の鶏が殺処分――というニュースを、昨夜電車内で見ました。モニターに映し出された写真を見ると、ユンボが掘削した巨大な溝にブルーシートが敷かれ、白い包みが山積みになっています。

どこかで見たような光景です。

人によっては汚染物質の埋設風景を思い出したかもしれませんが、僕が連想したのは戦場における死体の埋設作業の記録写真でした。

具体的に何の写真だったのか思い出せませんし、ワルシャワの記念館で見た「カティンの森虐殺事件」の発掘現場の写真かもしれませんし、アウシュビッツのドキュメンタリーで見た死体埋設現場の映像の記憶かもしれません。いずれにせよ、陰惨で戦慄《せんりつ》すべき映像です。

あの白い包みは、確かに「汚染物質」でもありますが「鶏の死骸」でもあります。剝き出しの死骸を土に還すのではなく、ブルーシートを敷き詰めた上に梱包して堆積してあるのは、ウイルスを完璧に封じ込める意図があるのでしょうが、僕にはそれを人目に晒したくないからだと思えてなりません。

11万羽以上を「殺処分」と簡潔にコメントしていますが、いったい11万羽もの鶏をどうやって殺したのでしょうか。

一羽ずつ「絞めた」わけがないでしょうから、薬品を使ったのでしょうか。まさか、ガスを使ったのだろうか――と考えると、にわかに「アウシュビッツ」との連想が現実味を帯びてきます。

もちろん「殺処分」の方法など公表されていませんから真相は判りませんが、これは間違いなく、ある意図をもってなされた大量死（メガデス）であり、なんなら殺戮（ジェノサイド）と呼んでも差し支えない現場の記録映像です。
言っておきますが、僕は今回の殺処分に反対しているわけでも、関係者を非難しているわけでもありません。他にパンデミックを防ぐ有効な手段がないのも確かでしょうし、防疫は常に最悪の事態が想定されるべきであることにも同意します。

それでもなお、この写真の示しているものが、人為的にもたらされた大量死の現場であることに変わりはなく、大量の死体を処理する現場で行われることは、人間も鶏も択《えら》ぶところはない、と言いたいだけです。

その連想を禁じるべきでない、とも考えます。

こういった写真につきものの、乾いた陰惨さには根拠があるからです。

人間だけが他の生物に対して、そして同種である人間に対して、生存の必要から（時に信条の理由から）大量の殺戮を行い、しかもその結果として大量死の物理的な跡始末を余儀なくされる。

うんざりするような「業」を感じます。

家畜は経済動物なのだから、その生死に感情移入すべきでない――という主張が正しいのだとすれば、なぜその方法が隠蔽《いんぺい》されなければならないのか。「殺処分」という無機的で、事務的であることを装った言葉には、いかに取り繕おうと、人間がその本質として抱え込んでいる「業」に気づきたくないという思いが込められています。

この言葉への違和感に慣れるべきではありません。

前線における遺体の処理に将兵の区別はない、共同溝と消石灰だ——という言葉があります。

今朝の続報では、知事が陸上自衛隊に災害派遣を要請し、陸自部隊が消石灰の輸送や殺処分を行った、とありました。

まぎれもない、これは「防疫」という名の下に行われている「戦争」です。

試みに「鶏」を別の名に読み替えてみると、こうなります。
★★県で鳥インフルエンザ（H★型）が発生し、発症した犬1100頭が死亡、そのうちの2頭からウイルスが確認され、防疫上の理由から同地域の飼い犬11万2000頭を殺処分——。
「鶏」を「犬」と読み替え、さらに「人間」と読み替える想像力が必要です。

それは義務だとも考えます。

何に対する義務かと言えば、もちろん人が「人間」として生きてきた歴史と、これからも「人間」として生き続けることに対する義務です。

それしかない、それは必要な行為だ——と考えるのなら、その種の読み替えに眉を顰《ひそ》めることは間違いです。

まして忘れたふりをするなら、それを倫理汚染（モラルハザード）と呼ぶべきでしょう。

今回は陰惨な話ですみません。

でも、これもまた言いたいことの一部なので、悪しからず。

第40回「ばいえるん」（バイエルン・ミュンヘン）

ＣＬ準決勝、バイエルン・ミュンヘンvs.レアル・マドリードのお話です。

なんでえ性懲りもなくまたサッカーかよ、と呟いた貴方。

そう、そこの貴方です。

少なくとも、このメルマガで、このコーナーでサッカーについて書くのはこれが初めての筈です。

一回くらい書いたっていいでしょ（すでに書いたような気もしますが）。

他に書きたい時事ネタがあるでなし。

それに、いまの僕はこの一戦のことでアタマがイッパイなのですから。

今季無敗のままぶっちぎりでリーグ優勝を決め、カップ戦を制したバイエルンが、内紛だらけのレアルになぜ惨敗を喫したのか。

２戦して０－５の完敗ですぜ。

あの無敵のポゼッションサッカーのバイエルンが。

サッカーは何が起こるか判らない、では済まされない。

ピッチには魔物が棲《す》んでいる、でも済まされない。

その程度で済ませたのでは、だいいち私の主義に反します。

ホームで迎えたこの試合も、バイエルンのボール支配率は70パーセント以上。

圧倒的にボールを支配しながら、しかし決定機はほとんどなし。

徹底的に戦術を分析され、対策を立てられたことは歴然でした。

4－4－2のガチガチの守備です。

アンチェロッティ、この試合では凄みのある悪党面してましたねえ。

もともとアクなキャラクターでしたが、グアルディオラとの格の差が歴然でした。

おそらく、いまのバイエルンは相手が誰であれ、リーグ戦ならば50戦すれば48勝はしたでしょう。

ただし50勝はできない。

リーグ戦ならそれでいいのです。

勝抜きのトーナメントでは、しかし「完成されたサッカー」では不足です。

ここでサッカーファンなら、二週間ほど前のプレミアの天王山、首位リヴァプールと二位チェルシーの、あの一戦を思い出したことでしょう。

サッカーファンでない貴方にとっては、何それでしょうが。

チームレコードの12連勝と自力優勝を懸けて破竹の勢いのリヴァプールを、自陣でしかプレイしないガチガチの守備サッカーで破った、あの試合です。さすがモウリーニョと、その筋（どの筋だ?）を唸らせ、無邪気なサッカーファンを激怒させた、あの狡《こす》っ辛《から》い試合です。

ジェラードの信じられないミスから、あっさりとデンバ・バ君がごっちゃんゴールを決め、焦りまくって前へ出たリヴァプールから、目の覚めるようなカウンターでトドメを刺し、（私的には）理想のゲームを演じた、あの完璧な試合です。

さすが悪党モウリーニョです。

あの憎々しげなガッツポーズを、リヴァプールのサポーターは生涯忘れることができないでしょう。

でも勝負なのですから、世界の半分どころか98パーセントを怒らせてもいいのです。

勝ってこそ、反省も後悔もできるのですから。

解説者も言ってましたが、「意図を徹底したチェルシーは恐ろしい」のです。

まあ、そのチェルシーも、同じ準決勝でアティレチコ・マドリードに負けちゃいましたけどね。

　ＣＬ準決勝用に温存したアザール君が、二度までもチョンボした挙句の敗戦なのですから皮肉な話です。いかにモウリーニョといえども、いかんともし難い。

　要するにバイエルンは、今季無敵の強者《つわもの》であるがゆえに勝つことに特化しきれなかった。必ず勝てる筈だ、というその思いが先制を許した衝撃から立ち直る余裕を奪ってしまったのです。

　オレたちが負けるわけがない、こんな筈はないという思いは必勝の信念とは異なりますから。

　というわけで、様々な教訓を遺《のこ》して今季のＣＬは（私的には）終わりました。

　スペインの皆さんは、マドリードダービーと化した決勝で勝手に盛り上がってください。

　さぞいい気分でしょう。

　ワールドカップでは地獄が待ってますぜ。

　因果は巡る水車、です。

　サッカーに興味のない読者の方々。

　ごめんなさい。

　本当に、いまは他のことが考えられないのです。

第41回「かいなん」（韓国フェリー転覆事故）

正式になんと呼ばれているのか知りませんが、韓国のフェリーの海難事故のお話です。事故の原因が何なのか、誰の責任なのかといった類のお話は他所で読んで戴くとして、海上活動全般において、個々の国家ないし民族には固有の文化なるものが存在するのか、といったバク然としたお話です。

結論があるようなお話ではないので、それなりに読んでください。

事故の原因究明といった報道は出尽くしたのか、ことは政府の政治責任といった問題に移行しているように思われますが、僕が考えているのは全く別のことです。

船長や船員が真っ先に逃げ出したらしい、とか韓国の海上警察の救助活動が不手際の連続だったとか――要するに今回の海難事故が明らかにしたことは、事故に関わった人間たちが、実は海上活動に関しては全くのシロートだったという事実です。

平たく言って、彼らは「海の男たち」ではなかった。

そもそも、かの国には日本の「海上保安庁」に相当する組織が存在しなかった。世界的に見ても、国境を海に接していながら、密貿易や海難事故を所管する「コーストガード」に類する組織を持たない国というのは考え難い。

よく混同されるのですが、「海軍（ネイビー）」と「沿岸警備隊（コーストガード）」は明らかに別の目的に特化した組織ですし、そうであるべき理由もあります。

日本でも「海上保安庁」と「海上自衛隊」は統合すべきであり、その方がカネもかからず合理的であるというような議論が聞かれますが、とんでもない暴論です。

海上自衛隊（海軍）はどこまでいっても、その本質は「軍」であり、有事の侵略に備え、海上輸送の保全を保証するための組織であって、密貿易の取り締まりや海難事故に備えることは本来の職務ではありません。もちろん緊急の場合はこの限りでなく、持てる装備と人員を派遣することは、震災時に陸上自衛隊が災害派遣するのと同じですが、海上における事故や災害——所謂、海難事故に対処するためには、それに特化した装備や人員の訓練が必要なのであって、これに対処するには高度な専門性を持つ別個の組織が必要です。

とりわけ海上における活動は、陸上におけるそれと違って、行動が極端に制約される特殊な状況であることが常態ですから、陸上における災害派遣以上に活動するための自己完結性が要求されます。刻々と変化する「海」という環境で活動するのですから、現場の判断も時間との闘いであり、指揮系統の混乱や自然環境に対処する経験値も重要であり、その能力の欠如・不足は、今回のように致命的な事態を招きかねません。

なにもかもが陸と海では異なります。

だからこそ、海軍という組織は国家や民族を超えて、ある種の文化を共有しています。海上自衛隊と米海軍の関係は、陸上自衛隊と米陸軍と同じではあり得ないし、各国の陸軍がそれぞれの独自性、独自の価値観を持つことが許されても、海軍という組織にそのような個別性はあり得ない。

なによりも彼ら（海軍）は、敵と戦う以前に「海洋」という特殊な環境と戦わなければならなかった。そのことが否応なしに、彼らの価値観を一元化してきたのです。政治的利害を異にしていても、人間性としては同じ価値観を共有せざるを得ない。「海の男」という言葉の持つ内実とは、そういうことなのです。

言うまでもなく日本は四囲を海に囲まれた地勢にありますから、海洋という特殊な環境を無視して存続できる筈もありません。

そもそも海上交通というものなくして、日本という国の成り立ちは語れない。

ここで日本の海上活動、わけても軍事活動に関する歴史について詳細に語る気はありませんが、少なくとも日本が近代国家として成立する――海を経て訪れる脅威に対処するにあたって、それがいかに重要であったかは想像に難くありません。

翻って、かの国にとって「海洋」はいかなる意味を持っていたか。

半島国家、それもあの大国と国境を接する地勢を持つ国家の宿命として、彼らが陸と海のどちらを向いて生きてきたか、ことの軽重は明らかでしょう。

彼らには「海の文化」を持つべき蓋然性《がいぜんせい》も、具体的に対処すべき脅威も（歴史のある時点を除いて）継続的には存在しなかった。

その彼らが、たとえ近代海軍（らしきもの）を創設しようと、イージス艦（もどき）を装備しようと、本質的に「海の文化」のないところに高度な専門性の確立など求めようもありません。

面子《メンツ》に拘らずに日本側の援助を受け入れれば良かった、などという見解は本質的ではあり得ない。それ以前の問題として、海上活動における高度な専門性という認識が欠如していたとするなら（その通りなのですが）、彼らがその申し出を受け入れる筈がない。

現時点での報道によれば、かの国の大統領は彼らの海上警察を解体し、海難救助活動に一元的に対処し得る新たな組織を創設すると発表したようですが、その種の政治的決定が今回の海難事故が明らかにした問題を解決し得る筈がありません。

もちろん、首相が辞任しようが大統領が責任をとろうが、それもまた「責任者」探しに終わる他はない。

いかなる政治的施策も「文化」の壁を一朝一夕に越えることはできません。

自己の所属する国家が、民族がいかなる「文化」を持つのか——その歴史的自覚から出発しない限り、侵略や災害に対処することは叶わず、同じ悲劇を繰り返すことになるのでしょう。

以上は軍艦好きが嵩《こう》じて、海軍および「海の文化」というものに興味を持つに至った者が、今回の海難事故に関してあまり語られていない側面について敢えて書いた思いつき、感想に過ぎません。

言っておきますが、今回の海難事故で明らかになったのは、かの国の文化の「歴史的自覚」の欠如だけではありません。

日本には「海の文化」があるし、かの国とは違うなどと驕る余裕などあろう筈がない。つい先日の巨大な災害に、この国はいかに対処できたのか。「災害に対する文化」の決定的欠如に関して、この国の「歴史的自覚」がどの程度のものであったかは、その後の事態の推移を含めて、「欠如」どころか「欠落」と呼ぶべき水準でしかないことは明らかです。

政府や政治家の責任をのみ追及することも、それすらせずに再び「考えたくないことは考えない」という忘却のプロセスに回帰することも、本質的な論議を避けて安易に走るという意味においては大同小異であり、悲劇はまた繰り返されるに違いないのですから。

第42回「ＡＫＢ」（ＡＫＢ48握手会襲撃事件）

ＡＫＢのメンバーが握手会で襲撃された、例のお話です。

有名人やスターが襲撃される事件は、古くは美空ひばりの塩酸事件からこちら、いろいろとありましたが、考えてみればＡＫＢがいままで無事だったのが不思議なような気もします。アイドルという存在の持つ意味合いが、彼女たちの登場以前と以降では、どこかで決定的に変わったのだろうと、その程度のことは思い浮かぶのですが、そういった方面の分析は措くとして、僕が気になったのは、その犯行現場の映像でした。

僕も物書きの端くれなので、何度かサイン会に招かれたことがあります。自著にサインして、ことのついでに握手も繰り返します。

本来はファンとの交歓の場なのかもしれませんが、なにしろ僕の本を購入するような人たちですから、整然と列を成し粛々と待つ、書店の方に言わせると、こういうサイン会も珍しいのだそうです。これが少女マンガ家だったり、人気抜群の女流作家だったりすると、花束は乱れ飛ぶわ歓声は飛び交うわで、大変な熱狂ぶりなのだそうで、マシンと化した作家がサインと握手を繰り返し、己の順番が来るのを待ち続ける人々が無言で列を成す——こんなサイン会見たこと無い、のだそうです。

まあ確かに女性ファンは限りなく少なく、いたとしても息子のために列に並んだ母親だったりしますし、圧倒的多数はといえば、一見して濃厚系の男性ばかりで、必ず数名いるのが自衛官の方々です。

汗まみれになってサインを繰り返し、サイン本を受け取った人々は、何ごとか——ぐわんばってくださひ、と呟いて影のように姿を消します。

沈黙のサイン会です。

そういう奇怪な体験があるだけで、握手会といったものには、もちろん出かけたことがないので、あの会場が一般的なものかどうか判らないのですが、テレビで見たあの会場の風景は、僕には異様な雰囲気に見えたのでした。

何が異様といって、ズラリ並んだあのテントです。

入り口には番号と名前を記した立て札が掲げられ、事件後の映像なのでファンの姿はありませんが、おそらく個々のテント前にはファンが整然と列を成していたのでしょう。

なぜテントなのでしょう。

なぜ個々に隠蔽された空間を設定する必要があるのでしょうか。

あのテントの存在が、握手という（本来は）パブリックな行為を、なにかしら淫靡《いんび》なものに変えているような気がしてなりません。

咄嗟《とっさ》に思いついたのは――こういう喩《たと》えを持ち出すと、またまた怒る人たちもいるのでしょうが――戦場における慰安所の光景でした。

仮設の小屋やテントが並び、その前に兵士たちが列を成して順番を待つ、あの光景です。

祭礼や縁日の屋台の列のようでもあり、それでいてなにかしら物哀しい、人間の欲望というものの悲哀を感じさせる光景です。

かつて社会主義国の代名詞でもあった、食料配給所前の行列も同じです。

並んで順番を待つ、という光景が共通して醸しだす、あの重苦しい独特の雰囲気です。

ドラクエ発売日の行列や、アニメブーム絶頂期だった頃の封切り映画館前の行列の光景も同じと言えば同じですが、同好のマニアたちの共犯意識のようなものが横溢《おういつ》していて、こちらの方は奇妙な高揚感に包まれていたような気がします。

あのテントは明らかに、淫靡な存在です。

なぜ、あんなものが必要なのでしょうか。

門外漢には知り得ない、それなりの理由はあるのでしょうが、結果として慰安所や食料配給所のような形式になってしまうのだとすれば、そのことが示すのは人間の欲望と、その需要を満たす——再分配の形式が本質的に浮かび上がらせる、剝き出しの荒涼とした風景は常に似ているという事実でしょう。

読者の中にはＡＫＢのファンもいるでしょうし、その方々には不愉快な話になったかもしれませんが、今回の事件に関する率直な感想なので、悪しからず。

ところで、現在公開中の「実写パト」シリーズの初期段階の構成には「ＡＫＢ警備指令」というエピソードもありました。

もろもろの事情があって陽の目を見なかったプロットですが、あれがラインナップに並んでいたら、いったいどうなったんでしょう。

事実は小説より奇なり、とかなんとか言って済ましちゃいられなかったかも。いろいろ考えさせられる事件ではありました。

ちなみに、ＡＫＢのメンバーが48人ではないと知ったのは、このお話のプロットを書いていた時でした。

なぜ「48」なのか、その根拠は未だに知りません。

第43回「ぶらじる」（2014年ブラジル・ワールドカップ開催）

いよいよワールドカップが始まります。

思いは多々あるのですが、とりあえず「ザックジャパン」の戦いに興味がないのは、これは仕方ありません。

例によって「勝てたらいいな」という思いはモチベーションになりませんし、勝つために全てを準備した、という感じが全く匂ってきませんから、おそらく一次リーグ敗退は間違いないでしょう。

3連敗の可能性すらある、というよりその可能性は濃厚です。

なにより世間に、勝利への期待感が全く感じられません。

盛り上げようと頑張っているのは、メディアだけです。

まあ、商売ですから。

では全然興味がないかといえば、無論そんなことはありません。

全試合を観戦する（録画ですが）意気込みです。

テレビでドイツのオッサン（おそらく元選手）が語っておりましたが、今回の勝負のキモはターフ（芝）だと。

ブラジルの芝は、他の国で使用するそれとは全く異なる。

深くて柔らかい、独特のものなのだそうです。

まるで絨毯の上でサッカーをやるようなものである、と。

当然のことながらボールは転がらず、高速ドリブルなど不可能なのだ、と。

この芝を制するものが、勝者となるに違いない。

なかなか聞かせるものがあります。

だとするなら、パスサッカーやドリブルを武器とする、たとえばスペインあたりは相当なハンディを背負いそうです。

おそらく大量に水を撒《ま》くのかもしれませんが、これはどちらに吉と出るか微妙です。

ブラジル代表の地元有利は不動でしょうが、万々が一にもベスト4敗退というようなことにでもなれば暴動は必至でしょうから、そのプレッシャーがどのように影響するか知れたものではありません。

なんであれ、なにしろブラジル開催ですから、芝や移動距離も含めた環境との戦いが全てであり、最後まで体調を維持できたチームに勝機が訪れることでしょう。

チームの技術力だけでなく、監督の戦術でもなく、勝利への執念が全てです。

だからこそのワールドカップです。

アメリカ大会に次ぐ、凄惨な戦いになりそうです。

フランスは今回もダメでしょう。

なにより、リヴェリ（大好き？）の不在は痛い。

オランダは選手は揃っていてもチームとしての結束が決定的にダメ。

イングランドはベスト4に残れば大健闘。

となるとブラジルと雌雄を決するのはドイツの可能性が大ですが、意外やポルトガルに勢いがあるやもしれません。

中南米のどこぞに伏兵が潜んでいる可能性は、無視できません。

予感としては、ヨーロッパ勢はベスト4に残れれば上出来で、アジアは全滅。

中南米決戦が濃厚に匂います。

とかなんとか、やはり見どころは満載です。

正直なところ、決勝トーナメントより一次リーグの戦いが見ものです。

こちらも体調を維持して臨みましょう。

『パト』のシリーズも完成したし、用意は万端です。

ドイツぐわんばれ！　と、最後に本音が出たところで失礼します。

なんか今回は中身のない原稿で申し訳ありませんが、なにしろワールドカップですから。

ご容赦を。

第44回「せくはら」（東京都議会セクハラ野次事件）

ワールドカップも一次リーグが終わり、いよいよ決勝トーナメントに突入したところで、もう一度その話題で行こうかとも思ったのですが、ほぼ予想通りの結果が出てしまったし（日本代表の惨敗はともかく、オランダの無敵ぶりは予想外でしたが）結末もほぼ見えてしまったので、違う話題で書かせて戴きます。

都議会での不正規発言――セクハラ発言のお話です。

咄嗟に思ったのは、「自分が結婚すりゃいいじゃねえか」「産めないのか」等の発言に対して、かの女性議員がいかに振舞うべきだったのか。

席に戻ってからハンカチで目元を押さえるなんてことじゃダメでしょう。政治家なんですから。「喧しい、この種無し」「もう勃《た》たねんだろインポ親父」くらいは喚いて欲しかった。不正規発言には不正規発言で、罵詈雑言には悪口雑言をもって応酬することが正しいのです。議場騒然は必至でしょう。それでこそ政治家です。

メソメソしてる場合じゃありませんし、同情を惹《ひ》いてる場合でもありません。

公然と侮辱されたのですから、侮辱し返すのがスジというものです。

政治家として当然の態度であり、なんなら自分を選んでくれた選挙民への義務であると言ってもよろしい。政治家に必要なのは高潔さでも、もちろんマナーでもなく、断固たる行動力です。冗談を言ってるわけじゃありません。

セクハラ発言を許しておいて、後になってそれを政治問題化するのでは時機に失するというものです。政治はタイミングが重要なのですから、敵失は見逃さずに速攻で応酬すべきです。馬鹿な親父たちが墓穴を掘ったのですから、見逃すべきではありません。

その場で挑発して、さらに政敵に敵失を重ねさせるべきです。若い女性にインポ呼ばわりされれば、馬鹿なオヤジどもは間違いなく逆上して、盛大に自爆したことでしょう。

そんな台詞は女性らしくない——と、もし考えたのだとしたら。それこそ自分自身への、女性である自分自身へのセクハラではないでしょうか。

女はそんな台詞は口にすべきでない、というのも歴としたセクハラには違いない。女だからといって人格を汚されてまで、慎ましくしている必要はない筈です。

政治家であり公人なればこそ、自身へのセクハラは許されません。

断固として「喧しい、このインポ親父」と叫ぶべきです。

そんな人格低劣な振舞いを演じたのでは自らのコケンに関わるし、それこそセクハラ親父と同じじゃねえか、と思ったのだとしたら、それは間違いです。

人格低劣というのは何を口にしたかではなく、いかに振舞ったかで問われるべきです。人格を汚されたことを放置したのでは、それこそ人格を問われます。後で問題にしたのでは、物事の本質が歪みます。ためにする政治的策動になってしまう——そう思われても仕方がない。その場で直ちに反撃すべきです。

いつだったか、「何発やった」発言に怒ったチョンマゲ議員が、野次った議員にコップの水を浴びせた事件がありましたが、あれが正しい。直ちに、というところが重要なのです。正義を担保するには、タイミングこそが最も重要であるとは、歴史の教えるところでもあります。

思わず口走っちゃったことに関しては、なにしろ受けて立ったのですから、先に口走った方が悪いに決まってます。なんなら、後で謝っちゃえばよろしい。先に手を出した方が悪いのは、子供のケンカでも戦争でも同じです。それを満天下に示すには「その場で」「直ちに」が重要なのです。後でグチャグチャ言っても駄目です。後でグチャグチャ言って、正義が果たされたことなど、歴史上にただの一遍もありゃしません。

あの方は一介の若い女性ではなく、議員であり政治家なのですから。断固として、種無しインポ野郎と喚くべきです。

誠に残念な経過ではありました。

野次った議員の一人が謝罪に赴いたり、なんてのは茶番もいいところです。反省してるわけないじゃん、とニュースを見た全員が思った筈です。マスコミが騒いだから、ここは頭を下げた方がよさそうだ。そう言い含められて来ただけじゃん、と邪推されて当然です。またしても建前と本音が見透かされた政治的茶番そのものです。そう思わせた時点で、すでに双方ともに政治家として失格です。つくづく情けない光景です。こんなことやっとって、セクハラもクソもあるか。テレビを見た全員がそう考えた筈です。

若くそれなりに美人な議員のインポ発言は、間違いなく圧倒的に支持された筈です。おそらくは拍手喝采。よくぞ言ってくれた、の圧倒的支持で迎えられたことでしょう。いかがなものか、とアリバイ的に批判はしてみせるでしょうが、実のところを言えば、マスコミはいつだって判り易い正義を支持するのですから。

繰り返しますが、決して冗談を言ってるわけじゃありません。

被害者こそが正義だ、という風潮こそ諸悪の根源なのです。政治家が被害者であってどーする。セクハラには断固たるセクハラで対抗すべきです。

同情を惹いてる場合じゃありません。

第45回「ぶらじる2」（2014年ブラジル・ワールドカップ2）

この時期ですから、やはりワールドカップ決勝について書くべきなのでしょうが、実はいまカナダで『GarmWars』の音響の作業に入っているので、テレビ観戦の時間がありません。

決勝の日は『スカイ・クロラ』の回顧上映でトロントに招かれていたのですが、あちこちのカフェやスポーツバーには若者たちが群がって気勢をあげている姿が目につきました。遠目にはどちらを応援しているのか判然としません。アルゼンチンの国旗を纏った姐さんがいるかと思えば、シュバインシュタイガーや、なんと懐かしのバラックのユニフォームを着用に及んでいるオヤジの姿もあり、なにしろカナダが出場しているわけでもなし、所詮は他人事で盛り上がろうという算段なのでしょうから、どこぞの国のPV会場のような殺気はまるで感じられません。

上映開始前のご挨拶まで時間があり、映画でも見ようか、それとも決勝戦か――。

結局は『ゴジラ』を選んで映画館に入ったのでした。

なぜリアルタイムで決勝戦を観戦する選択を避けたのか。

いつでも見られる『ゴジラ』を敢えて選んだのはなぜか。

大一番では僕が観戦すると応援しているチームが必ず負ける、という例の「ドーハ」以来のジンクスがあるにはあるのですが、今回はそれが理由ではありません。

日本にいるのならいざ知らず、遠い異国の地で、他所の国同士の決勝戦を地元の人間に混じって観戦するというのは、妙に居心地の悪いものです。

いつぞやの日韓共催のワールドカップで、日本代表の敗退決定後とはいえ、イングランドのユニフォームを着込んで会場へ向かう大量の若者たちの群れを眺めていた時の、あの妙な居心地の悪さを思い出します。

もちろん自国チームを応援することが、ワールドカップの全てではありません。全世界の最高レベルの選手たちが自国の名誉を懸けて戦うビッグイベントなのですから、全ての試合に見るべき価値があり、サッカー好きなら何を措いても観戦したいと願うのが当然でしょう。実際のところ、僕もカナダに出発する直前まで、全ての試合を観戦していたのですから（録画ですけど）。

とはいえ、純粋にゲームを楽しむとは言いながら、贔屓というものはあるものです。

評論家だって、本音を言えばどちらかのチームを密《ひそ》かに応援しているのであって、そのことなしに他人のゲームを観戦して泣いたり笑ったりコーフンしたりということはあり得ません。

勝負事なのですから。

結構なゲームを観戦する以前に、勝つか負けるか——勝って嬉しや負けて悔しや、のコーフンを味わいたいからこそ観戦するのです。蘊蓄や能書きは、そのオマケとして楽しめばよろしい。

そしてそのコーフンや蘊蓄や能書きは、この地では、言葉も覚束《おぼつか》ない他所の国の人々とは共有できないのです。

同道したスタッフは、サッカーより新作映画や観光やショッピングが優先の人々ですから——もちろん、その前に仕事ありきですが——残念ながら僕の熱狂願望を共有するに足りないし、アカの他人のバラック親父と、その場限りのノリで肩を組む趣味もありません。

孤独のワールドカップです。

『ゴジラ』を鑑賞しながら、ひとり秘かにドイツを応援することに決めた次第です。

『ゴジラ』を見終わって出てきたら、ドイツが勝っていました。

映画は2時間ちょっとの筈ですし、入場する前にキックオフしていましたから、どうやら延長戦の末の勝利のようです。通りすがりのカフェのモニターで、ミュラーやラームたちが抱き合っています。

予想通りの一点勝負を、ドイツが凌《しの》いだ模様です。

上映会場に到着し、控え室でセキュリティのオッちゃんに訊いてみました。「フー・ゲッツ・ザ・マッチポイント。ユー・ノウ？」（ひどい英語です）。オッちゃんはどうやらワールドカップには興味がない人らしく、スマホで検索を始めました。

なんだか申し訳ない展開です。

ゲッツェの得点だと判りました。

「サンキュー・ソー・マッチ」「ヨー・ウェルカム」。こうして僕のワールドカップは終わりました。

思えば僕の戦前の予想は、ほぼ適中しましたが（無敵状態のオランダを別にして）なんとも不本意な大会ではありました。

いえ、ワールドカップ開催中にカナダで仕事してた僕が悪いんですけどね。

というか、この時期にこのスケジュールを組んだ制作の責任ですけど。

責任者出てこい。

ちなみに『ゴジラ』は傑作でした。

まあ、お話はどうでもいいようなもんですし、ケン・ワタナベは何の為にいたのか良く判りませんでしたが、とにかくレイアウトが素晴らしい。

アニメーターおよび演出家は必見でしょう。

例によって怪獣映画マニアはゴタゴタぬかすでしょうが、怪獣映画は絵が全てです。

大スクリーンで是非どうぞ。

第46回「かんきん」（岡山小5女児監禁事件）

自分の好みに育てたかった、というあの監禁事件です。

名作『コレクター』（1965／監督：ウィリアム・ワイラー）を彷彿《ほうふつ》させる事件でしたが、映画のテレンス・スタンプは宝くじを当てて郊外の古い屋敷を買い込み、準備万端を整えてから拉致監禁に及んだのですが、この事件の犯人はといえば民間のアパートに少女を連れ込むという、あまりに杜撰《ずさん》かつ無様な犯行ではありました。

郊外の邸宅とまでは言わないにせよ、少女を監禁するに相応しい地下室すら持たずに大それた事件を起こしやがって──というのが大方の即時的な反応だったのではないでしょうか。

『CSI』も見たことないのか。

想像力のない変質者なんて、退屈な犯罪者にしかなれやしない。

レクター博士になんと言って詫《わ》びをいれたらいいんだ。

牛乳飲んで寝ろ。

虚構と現実は異なる、というお話ではありません。

巨匠の組み立てた物語とは比すべくもない——現実的で美意識の欠片《かけら》も感じられない事件でしたが、犯人の脳内に宿ったであろう少女監禁という甘美で官能的な夢想が、実行された途端に脆《もろ》くも日常に敗北し、惨めで薄汚れた犯罪に変容してしまう、その過程にこそ、むしろ物語の今日的主題がありそうだ、というお話です。

蝶《ちょう》の標本をコレクションすることが唯一の癒しであった貧しい郵便配達の青年が、現実に美しい蝶を収集しようとするという物語には、今日の目で見れば、古典的な文芸映画の匂いが充溢しています。主人公の歪んだ美意識を描くにあたって「蝶の標本」という設定から出発する、その手法に、そもそも人間の欲望をその性格から類型的に説明し得る筈だという、常識的で前時代的な観念が感じられます。

変質者を標本箱に納めて鑑賞する——その巨匠の手つきこそコレクターそのものだ、といってもよいでしょう。

そういう時代だったのです。

異常な犯罪を変質者の歪んだ美意識の暴走として説明し得る——人間の欲望を映画という標本箱に納めて眺めることが可能だと信じられた時代だったのでしょう。

そんな表現はもはや根拠を喪いました。

今日の犯罪の根底を成す人間の奇怪な欲望は、そんな手つきでは描けません。

例によって識者や専門家と呼ばれる人々は、理解しやすい範疇でのみ犯人像を再構成してみせるでしょうが、そんな手つきでは今回の監禁事件はもちろん、同級生の首を切断した十六歳の少女の心理を語り得べくもない。

その動機からして理解できない――犯行に及んだ人間を理解できないという事態ほど人を不安に陥れるものはありませんが、説明できる気がしない、というその気分には、必ず根拠がある筈です。

そもそも今回の犯人は、アパートなんぞに少女を監禁して「自分の好みに育てる」などという高踏的な犯罪行為が可能だと考えたのでしょうか。訪ねてくる者といえば郵便配達だけ、というような牧歌的な場所には程遠い日常性の真《ま》っ只中《ただなか》で、現実社会に背を向けた非日常を維持できる、と本当に考えていたのでしょうか。冷静に考えれば無謀としか思えない、にも拘わらず実行に及んだのだとするなら、そこには現実原則を無視してでも事に及ばずにはおれないという、切迫した心理を想定するしかありません。

地下室だの邸宅だのといった、この種の空想的な犯罪を構成する必要充分な手続きを踏む余地もないほど切迫した欲求とは、いったい何でしょうか。

社会的な帰属先もなく、世の中からこぼれ落ちて、もはや「何者でもない」人間が渇望するものがあるとすれば、それは「能動的である主体」の回復であり、何者かである自己の再獲得でしょう。

笠井潔さんなら「認証の危機」と呼ぶであろう状況です。

能動的であり得るなら、それが『コレクター』のテレンス・スタンプとは程遠い薄汚れた犯罪者に転落しても構わない。ほとんどヤケクソのような心理で犯行に及んだのだとするなら、その行為を尋常な手法で説明できるとは思えません。

その時点で人間が壊れたのですから。

おそらくは当の犯人にも、自分の行為を説明できやしない。

その結果が無様な犯行であったにせよ、標本箱に納まるような事件でないことだけは確かです。繰り返しますが、人間を理解できないという事態ほど人を不安に陥れるものはありません が、説明できる気がしない、というその気分には必ず根拠があります。

映画や小説の手には余るかもしれませんが――それを見つけ出さない限り、僕らは不安を抱えて現実と向き合い、不気味な日常を生きるしかないのです。

時代はとっくに表現の限界を超えています。

第47回「ろびん」（ロビン・ウィリアムズ死去）

死んだロビン・ウィリアムズさんのお話です。

死因は正式に発表されていないようですが、鬱だけでなくパーキンソン病の初期段階だったと奥さんが語ったそうです。

誰もはっきり言わないのは、言いたくない理由があるのでしょう。

でも、死因など実はどうでもいいのです。

ロビン・ウィリアムズさんという人はスタンダップ・コメディアンから出発して俳優になったそうですが、その当時からアルコール依存症に苦しんだそうですし、ご多分にもれず離婚を繰り返して三度も結婚しています。

コメディアンや喜劇役者（もはや死語に近い呼び方ですが）に限らず、一般に笑いに関わる人たちには、精神的に不安定な事例が多いようです。

漫画家でも赤塚不二夫さんや谷岡ヤスジさんはアルコール依存症だったようですし、噺家《はなしか》では自殺した桂枝雀さんの例もあります。「笑い」を生業にすると精神的に辛いことになる、という現象には確たる根拠がありそうです。

落語の本質は緊張とその緩和だ、と繰り返し語ったのは桂枝雀さんでしたが、「笑わせる」「笑いを取る」という行為は要するに他人《ひと》さまの心理的安定に揺さぶりをかけ、一時的に破綻させる行為ですから、それに働きかける——緊張を強いたり解放したりする側に、お客さんとは比較にならぬ精神的負担がかかることになります。

人間の精神というものは元来が平衡を志向するようにできていますから、意識的にテンションを操作することでその振幅を広げる行為は、当然のことながら激しい精神的疲労を招きます。これは別に「笑い」だけに限ったことでなく、「泣かせる」「感動させる」という行為でも全く同じです。

この辺の事情はエンタメの分野に限ったことでもなく、極端な例としては作戦行動の前後における特殊部隊の兵士や警察官においても、同様の生理的現象が見られるそうです。任務から戻ったらバーに直行してビールなんぞ飲んではならない、と指揮官は指導します。交感神経の異常な興奮の後には、必ず副交感神経の揺り戻しがありますから、任務の緊張で溜まりに溜まったアドレナリンを発散する必要があるのだそうです。酔っぱらってクダ巻いてる場合じゃありません。妻帯者なら家に帰って奥さんとセックス、独身者の場合は仕方ないからジムでサンドバッグを死ぬほど殴って、全てのアドレナリンを体外に排出してから寝るのがベストなのだそうです。

カラテの稽古でドーパミンを出しまくり、その勢いで朝まで飲んだくれて翌朝ボロボロなどという愚かな行為も厳に慎むべきでしょう。もしかして空手の偉い先生たちが、ほぼ例外なしに色好みであることには、そういった理由があるのかもしれません。

話をもとに戻します。

コメディアンとは笑いを取るだけでなく、その人自身も笑いの対象になる存在であり、そうであるがゆえに大成したコメディアンは、その晩年に説教を垂れたがるのだという説があります。

説教を垂れる、というのはもちろん比喩的な言い方であって、「泣かせる」「感動させる」ことに専心するという意味です。

チャップリンも森繁久彌も、およそ名を成した喜劇俳優は例外なく、その晩年において「感動」を目指しています。

イッセー尾形さんだって天皇陛下を演じたりしちゃいました。

この辺の事情を独特の方法論で突破した人もいます。

ビートたけしという人は、笑いに関わることで溜まった「狂気」を、映画監督として暴力を描くことで発散させているように見受けられます。

お笑い芸人と映画監督という二つの人格を使い分けることで、精神の均衡を保っているのかもしれません。

まあ、誰にでもできるわけでなく、よほどの才能が必要であることは、多くの追随者が二足の草鞋《わらじ》を履き損ねて撤退していった事実からも明らかでしょう。

再び話を戻します。

ロビン・ウィリアムズさんもまた、多くの「感動」を生み出すことに後半生を懸けたように見受けられます。

笑わせることも泣かせることも本質的には同じ行為であり、それならば感動の涙を呼ぶ方が俳優としてランクが上に思える——という穿った見方もできます。

個人的には、全く共感できませんが、このことを書くと顰蹙を買うだけでなく、長ったらしくなりそうなので割愛します。『ガープの世界』の演技が最高であり、泣かせる俳優としてのロビン・ウィリアムズは西田敏行みたいで不気味だったという感想に止《とど》めておきます。

誰でも年を経て老人の世界に足を突っ込むと、精神の平衡状態こそが最も重要なテーマになってきます。泣いたり笑ったり感動したりは疲れるだけで、実は人生において大して重要なことでない、という事実は若い人には理解し難いでしょうが、歴然たる事実であり、ロビン・ウィリアムズさんだって同じだったに決まってます。でも彼は俳優でしたし、笠智衆じゃありませんから、フラットな演技ばかりしているわけにもいきませんし、周囲の期待もあったことでしょう。

感動には「自己嫌悪」という強烈な揺り戻しがあります。

役者さんや映画監督なら誰でも知っていますし、僕が「感動」を目指さない理由のひとつでもあります。

他人さまを感動させて涙を絞らせるなんて、本来はとてもいかがわしい行為です。「笑い」と「泣き」はどっちに転んでも同じであり、演技するにも演出するにも過度の精神的負担を強いる行為であって、これを生業にすることは辛いことです。

同じことなら「笑い」を取るべきだ、というのが僕の結論ですが、揺り戻しを避けるべく相対的距離を測って「笑い」を演出しようとすると、今度は「笑い」が「悪意」に変質しかねないこともまた事実です。

喜劇役者が悪党を演じると凄みが出る、と言われることの根拠でもあり、感動作に出演したロビン・ウィリアムズさんや西田敏行さんの目が不気味であることの理由でもあります。

笑いに関わる以上は人間の本質に触れないわけにはいかず、そして人間の本質には目を背けたくなる不気味なものが眠っているのですから。

死んだ桂枝雀さんの息子さんの語った言葉を思い出します。

鬱病の原因が何だったのか、あれこれと語る人もいますが、自分は鬱に原因があるなんて思いません。

風邪をひくように心も病むものなんです。

いい言葉だと思います。

これは追悼文ではないし、ロビン・ウィリアムズさんと面識もないので（もちろん）、合掌はしません。

んじゃまた。

第48回「すほい」（中国空軍スホイ異常接近事件）

中国空軍のスホイが、自衛隊や米軍の情報収集機に異常接近を仕掛けた事情に関するお話。報道ではさかんにスホイ27の名前を連発していましたが、いつも言ってるように、物事は正確に順序よく語らなければ本質を見失います。

異常接近した戦闘機は中国がロシアから部品を輸入して組み立てた（ノックダウン生産）機体で、中国の人たちは「殲11」とかいう物騒な名前をつけてるようですが、要するにスホイの輸出型廉価版（通称J11）のようです。

中国側はエンジンを含めてライセンス生産したかったのですが、ロシアが最新鋭機の製造に関する技術移転を嫌って許可しなかったのでノックダウン生産を余儀なくされたという、いわくつきの機体です。

もしかしたら、今回のやつはパーツの国産自給率と対地対艦攻撃能力の向上を目標に開発された改良型のJ11Bかもしれませんが、情報不足で判りません。

自衛隊や米軍はもちろん正確に把握しているでしょうが、軍事のディテールに興味のないマスコミなんかに伝えたって豚に真珠ですから、公表するわけがありません。

どっちだっていいじゃん、似たようなもんだし——と思ったら大間違いです。

たとえば中国版スホイのエンジンですが、中国は当然のことながらこれをライセンス生産して、純国産化への途《みち》を開きたかったのでしょうが、仮にライセンス生産が許可されたとしても、ロシア製のエンジンをコピーできたかどうかは疑問、というより不可能だったでしょう。航空機のエンジン、わけても最新鋭戦闘機のジェットエンジンというやつは、いかにリバースエンジニア（完コピ）がお得意の中国でも、再現不可能な技術障壁がゴロゴロしている難物中の難物ですから。

さらに言うなら、そのロシアのなんとかいうエンジン自体が西側の同種のエンジンと比較して、稼働率が半分以下というシロモノだそうですから、国産化できたとしても、その性能は推して知るべし。まあ、このへんの事情は日本だって似たようなもンですから、偉そうに言える立場じゃありません。

Ｆ15やＦ2のエンジンをライセンス生産できても、国産のジェットエンジンはヘリや一部の固定翼機のそれを除けば、純国産化は未だ夢のまた夢という状況なのですから。エンジンに代表される先端技術の技術格差は、空の世界ではそのまま軍事力の格差とイコールなのであって、型落ちの戦闘機を何百機も揃えて威張ってみせても、いざ実戦となれば一個飛行小隊のラプタに手も足も出ないというのがシビアな現実です。

戦闘機の国産化という課題は、そのまま国産エンジンの開発能力とイコールであり、その技術格差を世界に示すことで抑止能力を獲得することでもあるのですから、中国の人たちが血眼になるのも当たり前なのです。「平成のゼロ」なんて能天気な気分とは何のカンケイもありません。

まあ、実はF2は映画で撮影したこともあって、大好きな機体ですけど。

先にあげたJ11の改良型であるJ11Bとは、つまり中国空軍の永遠の願望の表れであり、ジェットエンジン国産化へ向けた悪あがきの第一歩だったのですから、志ならずして少数生産しかされなかったこの機体が飛来してきたのだとすると、話が全て違ってきます。

機体の判別もあやしいシロートの世界じゃありません。

どのレベルの機体を飛ばしてきたのか、そのことはそのまま政治的なメッセージでもあり、軍人にだけ理解できる本気度の違いでもあります。

もしや、接近したのがSU27のコピーのJ11でもJ11BでもなくSU27の艦載機型であるSU33のこれまたコピーであるJ15だったとしたら、お話は根本から変わります。艦載機を飛ばしてくる、というのは遠距離作戦能力を誇示するという、明確に戦略的なメッセージでもあるのですから。

要するに軍事の世界においてディテールというものがいかに重要であるかを示す格好の事件でもあり、そのことに日本の報道がいかに無頓着であるかを証明した事件でもあったのです。

ただし、今回の一連の異常接近は、アメリカの政府高官たちが考えているような、政治的背景を持つ組織的な行動ではなく、むしろ現場の軍人たちが中共中央に対して発したメッセージだと解釈した方が真実に近いのでしょう。

中国という国は、その昔から文官と軍人の確執を繰り返した歴史を生きてきましたし、それは今後とも変わりません。軍人たちの思惑は対外的メッセージというより、むしろ常に文官たち――中共中央に向け、まずもって発信されていると考えるべきなのです。

その文脈で考えるなら、事態はむしろ深刻とも言えます。

軍事的挑発が常に文官（中共中央）による対外的なメッセージである、と考えたがるのは、アメリカという国がその種の行動に慣れ親しんでいるからであって、敵も同じ思考形式を持つ筈だと予断することは、むしろ政治的なリスクを冒しかねません。

中国の軍人たちはやる気満々です。

それ（戦争）以外に自分たちの存在感を示し、かつ権力を強化する手段がないのですから当たり前の話です。歴代の最高権力者の大半が軍歴を持つという、どこかの国と違って一党独裁なのですから、平時が続く限り軍人は永遠に文官たちの手駒に過ぎないのです。

手を出しても絶対にやり返さない自衛隊はもちろんのこと、相手が米軍だろうが何だろうが、軍事的冒険を繰り返すに違いありません。まあ、バカではありませんから戦闘機に手は出しませんが、相手が非武装の情報収集機ならやりたい放題です。仮に本当に戦争になったって、負けなければいいだけの話であって、いかに最強の米軍といえども中国全土を占領できるわけがない。アフガンやイラク程度ですら手を焼いているのですから、降参しない限り負けない勝負であることはベトナムで証明済みです。空爆で何百万、何千万の人民が死のうが経済が破綻しようが、軍人たちは戦時となれば中央の文官たちの軛《くびき》を逃れて自己権力を無制限に増大できるのですから、知ったこっちゃありません。

もはや人民を解放すべき民兵の集団じゃありません。

少なくとも海軍と空軍は、歴とした軍閥の復活版と考えるべきです。

お隣の自称大国が孕《はら》んでいる危険性とは、中央の文官たちがいかなる政治的選択を採るか、という問題だけでなく、国内の権力闘争が対外的にハミ出てくる危険性をも含めて考えなければなりません。

飛行機だけでなく、国同士も異常接近は厳に慎むべきです。

お隣の軍事的冒険は今後とも続くでしょう。

第49回「すこっとらんど」（スコットランド独立住民投票）

言わずと知れたスコットランド独立をめぐる住民投票のお話です。

この原稿が配信された翌日には投票が行われて、早ければ同日内にその大勢が公表されているかもしれません。

独立か分離か、その結果がもたらす国際社会への影響は――といった問題に関してはネットを検索して戴くとしても、ことの本質がグローバリゼーションの進展と、その反動としてのナショナリズムの世界的な勃興《ぼっこう》という範疇にあることは確かでしょう。個々の国の歴史的な経緯という個別的な事情はもちろん存在するのでしょうが、そのことが主因であるとは考えにくいし、歴史的正当性というやつを絶対視するとするなら、現在の世界をどこまで過去に遡って再編成すればよいのかという話にしかなりません。

少なくとも国家という存在を、そこに住まう人々の「生命財産を守るための安全有利安価な手段」の前提条件として、歴史的に淘汰され現状において有効なほとんど唯一の存在形態としてプラクティカルに考えるなら（遺憾ながらその通りなのですが）、現状の変更という重大な選択はオトナの事情を最優先せざるを得ない筈です。

もちろん広い世間には「生命財産の保全」なんかどうだってよろしい、そんなものより優先すべきものが人間にはあるのだし、それは絶対に正しく、したがってそれを他人もしくは他所さまの国に強要してどこが悪い、と考える人々も存在するでしょうが、その手の信条を有する人たちが現実にいかなる行動に走り、どんな事態を招来するかは新聞やテレビを普通に眺めている人たちには御案内の通りです。そんな連中がどんなロクでもない世界を出現させたかについても、その無惨な先例で歴史の図書館はイッパイです。

自分の権利と等しく他人の権利を尊重するという考え方は、人間がこの世に人間として存在してからこのかた、さんざん殺し合いを繰り返してようやく獲得した普遍的な価値観なのですから、これを無視することは虚構の世界においてのみ許される蛮行と言うべきでしょう。

そこまで極端でないにせよ、誰に迷惑をかけるわけでもない、自分たちの運命を自分たちで決めてどこが悪い、という理屈は個人の就職や結婚といったレベルならともかく、国家という存在形態の歴史的現在における存立条件を考慮するなら――相互依存関係という前提を考慮するなら、直ちに認められるものでもありません。

スコットランドの分離独立という事態は、もしかしたら当事者の思惑を超えるトンデモ事態を招く可能性があるのではないか、と私は怪しんでおります。

もの凄く迷惑なんだよ、という声が上がりにくい背景には、おそらく「独立」という言葉の持つ魔力もあるのでしょうが――なにしろ「独立」という言葉は前世紀からひきつづき「正義」に等しい響きを未だに持っていますから――が、しかしそれだけが理由でもなさそうです。

老いたりとはいえ、世界に冠たる大英帝国が分離独立という反動の大波を被《かぶ》り、その影響力を大きく削がれて没落してゆく姿を見てみたい、という感情が意外に広範に存在するのかもしれません。山本夏彦さんも言っているように「世の中は妬みで動く」ものですから。そんな感情が第三世界の国々だけでなく、ＥＵ内部に存在したとしても不思議ではありません。もちろん冷静に考えるならば、その光景は対岸の火事で済むわけがなく、時間差をおいて我が身に降り掛かる火の粉となって現れるのですが、とりあえず人間は上から下まで感情の動物ですし、未だに理性的存在としてはイマイチな部分をたっぷりと抱え込んだ生き物ですから。

どこぞのジャーナリストがどこかに書いていましたが、たった7パーセントの市民がイギリスの未来を決定してしまう可能性があるのですから、民主主義の手続きというやつも厄介なものです。

誰もこれを止められない。

もちろんキャメロンさんにも止められません。

あれよあれよという間に事態が悪化してゆくのは、デザスタームービーの専売特許ではありません。第一次大戦も、その後のナチズムの台頭も同じようなものだったようですし、歴史の舞台を眺める観客はゲルニカの市民たちでイッパイです。

意外にも私は今回の住民投票はヤバい、と感じております。

だから住民投票なんてロクなもんじゃない、といつも言ってるだろうが——などと書くと大方の顰蹙を買いそうですが（もう書いちゃいましたが）、率直に申し上げて衆智を集めて最悪の事態に至るというのは、遺憾ながら歴史の舞台の定番であります。

平家を滅ぼすのは平家である、とまたまた夏彦さんも言っております。

独立派の強気の背景には例の北海油田があるようですが「いつまでもあると思うな親と化石燃料」です。2050年には枯渇すると言われている、そんな短期的な展望を元手に博打を打っていいもんでしょうか。

複数のアイデンティティを持って単一の価値を求めるのが、これ以降のあるべき国家の姿だとするなら（おそらくそれは避けがたい未来でしょう）、今回の独立騒動はやはり反動だと言わざるを得ないと思います。

まあ、ショーン・コネリーもユアン・マクレガーも、あの（サー）ファーガソンもマット・バスビーも、思えばみんな国外で活躍した人々でしたしね。

どうなることやら。

協力　山下卓

JASRAC 出 1712636-701

この作品は二〇一五年四月小社より刊行されたものです。

世界《せかい》の半分《はんぶん》を怒《おこ》らせる

押《おし》井《い》守《まもる》

平成29年12月10日　初版発行

発行人――石原正康
編集人――袖山満一子
発行所――株式会社幻冬舎
〒151-0051東京都渋谷区千駄ヶ谷4-9-7
電話　03(5411)6222(営業)
　　　03(5411)6211(編集)
振替00120-8-767643

印刷・製本―図書印刷株式会社
装丁者――高橋雅之

幻冬舎文庫

ISBN978-4-344-42674-0　C0195　お-38-2